Euch schaffe ich auch noch

Was versteht man eigentlich unter **SATIRE?**

Nicht ganz einfach. Der Duden erklärt es zum Beispiel so: Satire ist feine geistreiche Verspottung durch übertreibende oder ironisierende Darstellung bzw. Nachahmung.

Ich bezeichne meine Karikaturen gerne als *gezeichnete Satire.* Ich denke auch, dass zur Satire untrennbar zynischer, schwarzer und sogar böser Humor gehören.
Und mal ehrlich, kann man unsere heutige Gesellschaft überhaupt noch anders ertragen?

Ich möchte Satire an einem Beispiel erläutern:
Zwei Freunde treffen sich.
Dieter: „Meine Frau ist ein wahrer Engel!"
Klaus: „Du Glückspilz. Meine lebt noch!"

Schließen wir uns doch einfach einem unbekannten Verfasser an:
Die Satire gehört zu Deutschland!

Rudi Hans Böhret

Euch schaffe ich
auch noch

Bibliografische Information der deutschen Nationalbibliothek
Die deutsche Nationalbibliothek verzeichnet diese Publikation in
der Deutschen Nationalbibliografie; detaillierte bibliografische
Daten sind im Internet über http://dnb.d-nb.de abrufbar.

Gesamtherstellung:
Herstellung und Verlag:
BoD - Books on Demand, Norderstedt
Umschlaggestaltung: Franz Mediaprint, Bad Rappenau
Karikaturen: Rudi Hans Böhret

ISBN 978-3-8391-2808-4

Für Lucy, damit sie auch in zehn Jahren noch so stolz auf ihren Opa ist wie er auf sie.

Opi, du denkst doch an mein Taschengeld?

Vorwitzig

In diesem meinem vierzehnten Buch habe ich versucht, sowohl nette Kuriositäten quer durch den Alltag mit einem gutmütigen Augenzwinkern zu kommentieren als auch den vielen kleinen und großen aktuellen Ärgernissen mit heftigem Zähneknirschen zu widerstehen. Mal in geschliffenen Worten, mal lyrisch schmeichelnd, mal etwas derb – eben in der heutigen Sprache des Volkes und der Medien.

Natürlich war mir von Anfang an klar, dass bereits beim Erscheinen dieses Bandes eventuell manches schon wieder überholt sein kann. So könnte beispielsweise Markus Söder inzwischen die Mutti der Nation als Kanzler abgelöst haben. Uli Hoeneß hätte man womöglich mit neunzehn vorfinanzierten Stimmen zum Präsidenten des neu geschaffenen *Vereins der frühzeitig entlassenen Straftäter (VdfeS e.V.)* gewählt und VW wäre in den USA zur Produktion von abgasfreundlichen Elektromobilen für Gehbehinderte übergegangen. Jogi Löw wäre Staatstrainer auf den Fidschi-Inseln, nachdem seine Jungs beim EM-Turnier bereits im Sechzehntelfinale ausscheiden, Alice Schwarzer neue Familienministerin und Frauke Petry Grenzschutzbeamtin. Griechenland würde über sein 5. Rettungspaket jubeln und jeden Morgen der Muezzin vom Minarett der Containermoschee die Flüchtlinge zum Gebet rufen. Wolfgang

Schäuble ("Schwarze Null!") würde Sigmar Gabriel zustimmen und ein *erbarmungswürdiges* Sozialpaket für die eigene Bevölkerung gegenüber der Finanzierung der Flüchtlingszuwanderung favorisieren. Und last but not least Donald Trump als neuer US-Präsident mit der Vision: Einführung einer nachhaltigen Todesstrafe für sämtliche Bundesstaaten in allen erdenklichen Variationen.

Trotz alledem bleiben wenigstens die kleinen positiven Dinge, die doch so große Glücksmomente in uns auslösen können, bestehen. Solche machen unser Leben gerade in dieser überwiegend tristen Welt lebenswert. Und natürlich Satire, Ironie und Spott. Denn was gibt es Geileres, als anderen den gesprungenen und verdreckten Spiegel vors ungläubige Gesicht zu halten?

Bestimmt denken Sie oft genauso wie ich, haben sich aber bisher nie getraut, es vor anderen auszusprechen. Vermutlich erinnern Sie sich gar bei manchen meiner heiteren Stories oder Reime, dass Ihnen auch schon Ähnliches widerfahren ist.

Meine Empfehlung: Werden Sie doch einfach wie ich zum boshaften Schriftsteller. Ich habe für diesen Zweck am Buchende schon mal leere Seiten vorgesehen. Schreiben Sie sich und andere zum hämischen Grinsen und Lauthals-Lachen. Denn Lachen ist gesund, auch wenn es manchmal am Anfang noch so schmerzhaft sein mag. Fragen Sie bitte aber auf jeden Fall vor dem Start Ihren Arzt oder Apotheker!

Lieber Lesewilliger!

Wissen Sie, was das richtig Gemeine an diesem Buch ist?

<u>Es hat kein Inhaltsverzeichnis!</u>

Sie haben also keine Wahl. Sie müssen es von vorne bis hinten durchblättern – Seite für Seite!

Um dann irgendwo oder irgendwann zu entscheiden: Buch-Regal oder verschenken!

Dieses Vergnügen gönne ich Ihnen. Und: Sie schaffen das.

Alltägliches

Kommt man in die reif`ren Jahre
und färben grau sich schwarze Haare,

hat man gesammelt Weisheit sehr,
doch leider nützt sie nun nichts mehr.

Horoskop

Nicht nur den Matador regt auf
der *Stier* mit seinem wilden Lauf.

Während *Löwe* brünftig brüllt,
der *Schütze* schon die Büchse füllt.

Von keiner Frau hörst du `ne Klage,
liebt sie einen Mann, der *Waage*.

Die Gitte, Waltraud und die Rachel
sticht *Skorpion* mit seinem Stachel.

Manch einen *Steinbock* hört` ich toben,
trug er die Hörner plötzlich oben.

Kaum wird der *Krebs* erst schrecklich rot,
ist kurz danach er auch schon tot.

Sieht er doppelt Frau - besoffen,
kann Mann nur noch auf *Zwilling* hoffen.

Badet Weib meist kühl und lau,
ist sie sicher *Wasserfrau*.

Er beklagt sich gern bei Tische:
„Was, gibt es heut schon *Widder Fische*?"

Ein allerliebstes Mägdelein
möcht stets von neuem *Jungfrau* sein.

Variationen zum Wort „Haut"

Hautnah

Gänsehaut

Hautevolee

Dünnhäutig

Hautcreme

Vorhaut

Hautamaekki

Hautarzt

Haute couture

Orangenhaut

Haut den Lukas!

Des Rätsels Lösung

Ein Kreuzwort gibt mir Rätsel auf,
find` einfach keine Lösung drauf.
`Ne Blumenart wird nachgefragt,
doch mein Gehirn total versagt.

In Gärtnerei frag ich um Rat,
was die Natur zu bieten hat.
Floristin nennt mir hundert Sorten
von hier und auch von fremden Orten:
Hyazinthen, Nelken, Flieder,
doch diese Namen sind zu bieder.
Dann Orchideen, Lilien, Rosen,
Strelitzien, Astern und Mimosen.

Da plötzlich öffnet sich die Tür,
Blondine stehet neben mir.
Langer Rock und Nickelbrille
(von der Art mein letzter Wille),
samt Jesuslatschen, Flechtfrisur,
und bringt mich auf der Lösung Spur.

Ich war ein Trottel, ei verflucht!
Das Mauerblümchen ist gesucht...

Schon getschädded heute?

Schande über mein Haupt! Aber ich muss gestehen, dass ich ein überzeugter PC-, Facebook- und Twitter-Depp bin. Und so klärte mich meine siebenjährige - und gerade des Schreibens mächtige - Enkeltochter auf, dass die Überschrift drei Fehler enthalte und es richtig heißen muss: „gechattet"! Man muss offensichtlich zu dieser Art der „Unterhaltung" weder telefonieren können noch über besondere Kenntnisse der Rechtschreibung verfügen; man gibt vielmehr alles von sich preis, was spontan einfällt und vor allem extrem wichtig erscheint.

In der Praxis dürfte ein solcher Chat-Vorgang - laut Hörensagen - in etwa so ablaufen:

Emir:	Hi!
Emma:	Hey, du Arsch!
Emir:	Gleichfalls, Schlampe.
Emma:	Du schon lange.
Emir:	Du noch länger. Es duscht.
Emma:	Hier auch.
Emir:	Nass draußen.
Emma:	Logo.
Emir:	Heidi war wieder heiß gefetzt.
Emma:	Echt bambus.
Emir:	Durchblick bis zum Knöchel.
Emma:	Bleib flauschig.
Emir:	Null Ritzenklemmer.

Emma:	Hey, kein Arschfax?
Emir:	Echt vergesslich, die Tante.
Emma:	Aber wie.
Emir:	Yeah.
Emma:	Du merkelst doch bloß rum.
Emir:	Nee, kompostiere und schwing mich nachher auf die Eierfeile.
Emma:	Und ich mach mich zur Gammel-fleischparty.
Emir:	Ey, geht's noch? Diese Oldies mit ihrem Maulpesto.
Emma:	Besser als Discopumpern.
Emir:	Nee, dann lieber Hartzen.
Emma:	Assizwerg!
Emir:	Aber hallo! Sag Babo oder du schleuderst.
Emma:	Haha!
Emir:	Fuck you, Krass-Zicke.
Emma:	Ins Knie.
Emir:	Aber s`linke.
Emma:	Selbst.
Emir:	Du bist echt genascht.
Emma:	Basti-Fake.
Emir:	Verpiss dich!
Emma:	Du auch.

Ist es nicht paradox, wenn…

… jemand im Zug auf die schiefe Bahn gerät?

… sich ein Single einen Zweiteiler zulegt?

… ein unschuldiges Mönchlein lebenslänglich in einer Zelle einsitzen muss?

… man an jeder roten Ampel anhalten muss, obwohl man eigentlich nur einen Ausflug ins Grüne plant?

… ein Angler einen Fisch nur mit Hilfe eines Schwimmers fangen kann?

… eine Frau einen Plissée-Faltenrock rigoros zurückweist, weil er angeblich nicht zu ihrem Gesicht passt?

… ein Antiquitätenhändler eine Neunzehn-jährige ehelicht?

… eine stark Kurzsichtige ihr Geld langfristig anlegt?

… ein Nachtwächter Wert auf ein luxuriöses Schlafzimmer legt?

… an der Zufahrt zum Friedhof das Straßenschild „Sackgasse" steht?

… ein Sprengmeister eine Weltreise bucht?

… die Teilnehmerinnen an einem Diät-Kurs es satt haben, noch länger zu hungern?

… eine Weltstadt in Massen prominente Künstlerinnen anzieht, die ausschließlich dadurch berühmt wurden, dass sie sich ständig auszogen?

... eine lahme Ente mit vielen Pferdestärken auf Trab gebracht werden soll?

... er ihr alle Sterne vom Himmel holt, obwohl sie ihm in Wahrheit völlig schnuppe ist?

... der Inhaber eines Autohauses mit Namen Rost gleichzeitig langjährige Garantie gegen ebendiesen gewährt und für sein Leben gerne Rostbraten isst?

... ein leidenschaftlicher Wellenreiter lediglich im Besitz des Zertifikates für ein „Seepferdchen" ist?

... man einen notgeilen Seemann gerne als Meerschweinchen bezeichnet?

... der zum Tode Verurteilte vor der Hinrichtung auf dem elektrischen Stuhl darum bittet, stehen bleiben zu dürfen?

... ein Geograph bei einem Date keine Grenzen kennt?

... dass Asylbewerber zwar nicht in regionalen Unterkünften wohnen, dort aber vorübergehend unterkommen?

... dass Rollstuhlfahrer leidenschaftlich gerne die Musik der Rolling Stones hören?

... man eine Kreuzfahrt gewonnen hat, jedoch diese nicht antreten kann, weil einem kurzfristig eine Hexe ins Kreuz gefahren ist?

... eine Frau beim Psychiater ihr Herz ausschütten muss, seit sie im Garten ein Blumenbeet mit *Tränendem Herz* bepflanzt hat?

Fernseh-Krimi

Sonntags wähl ich den Kanal
mit Kommissarin Odenthal.
Diese mega-coole Frau
ermittelt Täter zeitgenau.
Denn in `ner vollen und `ner halben Stunde
fragt Anne Will in ihre Runde.

Wagen mit Tatü-Tata,
Tatort-Doktor auch schon da.
Mörder hustet,
Waffe pustet.
Opfer tot.
Bluse rot.
In Sarg gelegt,
noch bewegt.

Bierflasche leer,
neue her!
Nochmals Knall.
Zu Ende Fall.

Schön, dass ich mich freuen kann
auf Wilsberg, der ist Samstag dran!

An die hochverehrte und insgesamt verfluchte Lehrerschaft!!!

Ich weiß wirklich nicht, warum Sie immer auf unserem Sohn Damian Fleischhauer herumhacken.

Wenn er angeblich solch ein langsamer Schüler ist, wie Sie immer behaupten, warum machen Sie ihn dann auch noch andauernd zur Schnecke?

Und es ist die glatte Unwahrheit, wenn Sie sagen, dass er faul sei. Er hat die ganze letzte Nacht durch heftig Algebra geübt und dabei die Wurzel aus zwei oder drei Unbekannten gezogen. Und auch die Hausausgaben in Sexualkunde erledigt er stets leidenschaftlich und fleißig und ausdauernd.

Mit seiner Religionslehrerin ist es auch so ein Kreuz. Nur weil er neulich, als sie sagte „Es werde Licht" nicht gleich den Schalter fand. Seitdem ist er bei ihr unten herum durch.

Sie werfen ihm auch vor, immer nur Blödsinn im Kopf zu haben. Wo Sie noch nicht mal in der Lage sind, ihm sein menschliches Gehirn zu erklären.

Außerdem behaupten Sie, dass sich Damian nie die Hände wasche. Warum auch? Angeblich streckt er ja sowieso nie, weil er dauernd in der Nase bohrt.

Wissen Sie was? Ihre Schule kommt mir vor wie eine Kuhweide: Man tritt von einem Scheißhaufen in den nächsten.

Mit allergrößter Hochachtung
Jolanthe Fleischhauer

Entschuldigung

Unser Sohn Jonathan ist heute leider unbeschreiblich unpässlich und kann daher zu seinem allergrößten Bedauern nicht zum Französisch-Unterricht erscheinen. Er ist nämlich so heiser, dass er sogar der deutschen Sprache ohnmächtig ist.

Perspektive

Als der Lehrer zu ihm sagte: „Setz dich!" konnte er noch nicht ahnen, dass daraus tatsächlich ein ganzes Jahr werden würde.

PISA

Einmal im Jahr besucht der Herr Schulrat jede Klasse der Hauptschule, um sich von deren Kenntnisstand zu überzeugen. Er beginnt mit einem Schüler in der ersten Reihe: „Nenne mir ein Hauptwort, das aus zwei Wörtern besteht." Darauf der Samuel: „Saupreuß". Der Schulrat zieht pikiert die Augenbrauen hoch und sagt zum Nebensitzer: „Und nun du, ein zusammengesetztes Hauptwort." Simon überlegt lange und sagt dann: „Schweinehund." Schockiert nimmt der Schulrat den Klassenlehrer zur Seite und stellt ihn zur Rede, worauf dieser nur resigniert antwortet: „Ja, ich weiß auch nicht, Herr Schulrat, was mit diesen Arschgeigen heute los ist!"

Endlich in Rente

Dritte Zähne beißen nicht.
An den Händen plagt die Gicht.
Grauer Star trübt klare Sicht.
Auch die Blase hält nicht dicht.

Rechte Hüfte zwickt beim Laufen.
Empfehlung, neues Knie zu kaufen.
Noch funktioniert zum Glück Verstand.
Es lebe hoch der Ruhestand!

Rentner haben´s schwer

Rentner radeln, schwimmen, wandern.
Ein Termin jaget den andern.
Frühmorgens Aldis Schnäppchen lockt,
danach beim Arzt man Stunden hockt.
Nachmittags Seniorentanz
verleiht dem Tag besondren Glanz.
Endlich kurzes Ruhepäuschen
und eine Stunde auf dem „Häuschen".
Abends noch Besuch im „Besen".
Ein stressig Tag ist das gewesen!

Handwerk hat goldenen Boden

Maler, Gipser oder Schreiner,
von heut auf morgen braucht die keiner.
Doch was geschieht, wenn Wasser tropft,
das Abflussrohr im Klo verstopft?

Muss auf ein Angebot ich warten,
in Zeitung Such-Kampagne starten?
Bis dahin sind wir abgesoffen,
Mieter sind ja auch betroffen.

Jetzt die Versicherung will wissen,
ob Lage wirklich so beschissen.
Gutachter möchte sie gern schicken,
derweil wir schon nach Schlauchboot blicken.

Kennt ihr `nen Klempner, der bereit
ist, uns zu opfern seine Zeit?
Nächsten Monat würd` es gehn?
Wie soll der Rohrbruch dies verstehn?

Jetzt streikt auch noch das Fernsehbild.
Elektriker - gestresst- wird wild
und telefonisch uns berät,
zu kaufen doch ein Neugerät.

Komm ich mal wieder auf die Welt,
lern ich Beruf, der etwas zählt!

Internationle ~~Spedi~~ Spedition
Schwerstverker
bei Özcan-Alleeh 137 138
82 2209 Müggenfang

Bewerbung

Ich bin der Henry und bewerbe mich.
Und zwar als Brummmi-Vahrer. Ich bin
intellent, sauber + söries. Fahre güd und
schnell.
Aber am Samstag und Sonntag frei !!
Bin vierundzwanzig Fahre und ein Halb.
Tierlieb. Finde alles in Deutschland und
Eiropa auch Nachts !
Kein Allohol und Keddenraucher.
Auch Kaum Weiber. Für 2000 3000
Eiro im Monat und zwar soffort.

Ganz ♡liche Grühse von

Henry

Lebenslauf

Name: Be̱t̲tnässer

Vornamen: Johannes Heinrich

Rufname: Seicherle

Geboren: samstags gegen Mittag

Geburtsort: Neckar und Rhein-Ufer

Name und Beruf der Eltern: Vadder: Emil u. Sänfer
Mama: Chiara, Rrestidution 400 Euro nach
Lust + Laune

Kindergarten: teilgenommen

Schulbildung: Volxschule Niederweisen
1. Glasse   2 Mahl
2. Glasse   versetzt
3. und 4. Klasse siska 3 Mahl

Weiterführende Schulen: Sonderschule Hohentrübsam
5. Glasse biß zum Ente (erfolkreich!)

Berufsausbildung:
Mit 29 Jahren Leere zum Aufsitz-Rasen-
Mähner-fahrer alles im Grünen Bereich danach
im festen Verhältniß

Wehrpflicht: Sohldat auf Zeit Kanonichr und
Panzerschanfnchütze
(Treffenkwote dwei Häuser und
den Hauptfeltwebbel)

Besondere Kenntnisse und Fähigkeiten: Fingerhakeln, Partimachen, Rumhuren,
Fluchen in acht Sprachen

Lebensziele: Harlei Davidsohn und Rennde
mit 45

Johannes Heinrich
(eigenhändige Unterschrift)
Bettnässer

- 23 -

Gedenk-Tage

Heutzutage überschlägt sich unser Kalender vor Begeisterung geradezu bei all diesen „Gedenktagen" aus irgendwelchem (un)- sinnigen Anlass. Ich meine also damit nicht die gesetzlichen oder kirchlichen Feiertage, sondern ganz banale Tage, aus denen sich immer von neuem finanzielle Vorteile erwirtschaften lassen.

Und so „feiern" wir neben dem Valentinstag, Halloween und dem allerwichtigsten (3. Oktober, an den wir aber sowieso durch sächselnde Brüder und Schwestern und vor allem per Soli in penetranter Regelmäßigkeit erinnert werden) nun auch den Tag des Vierbeiners, Tag des Kusses, Tag des Denkmals, Tag der Briefmarke, Tag des autofreien Sonntags, Tag des Fischbrötchens, Weltknuddeltag, Tag des Sports und den Tag der Liebe.

Ich schlage vor, diese Liste wie folgt zu erweitern (Aufzählung erhebt keinen Anspruch auf Vollständigkeit):

Tag des überlebenden Fußgängers, Tag der erfolgreichen Scheidung, Tag des Weisheitszahnes, Tag der Kontoüberziehung, Tag der tätlichen Beleidigung, Tag der Entjungferung, Tag der Bade-Ente, Tag des freilaufenden Frühstückseis, Tag der

Bio-Banane, Tag des E-Bikes, Tag des Minirocks, Tag des Hosenträgers, Tag der Kleinohrhasen, Tag der Krötenwanderung, Tag der sozialen Netzwerke, Tag der Übergewichtigen, Tag der Kettenraucher, Tag der Niedrig-IQs etc.

Smombie

Eigentlich hätte ich einen inzwischen eh ziemlich abgewerteten 3,0 TDI-Audi A 8 darauf verwettet, dass „Wir schaffen das!" zum Unwort des Jahres gewählt würde, aber weit gefehlt. „Smombie" lag unaufholbar vorne in der Wählergunst. Diese richtungsweisende Wortschöpfung aus Smartphone und Zombie beschreibt die absolute Mehrheit unserer Mitbürger jeden Geschlechts, Alters, jeder Religion und Nationalität, welche in freier Wildbahn nonstop die Blicke starr auf Kommunikationsgeräte aller Art gerichtet halten.

Nur so ist es auch zu erklären, dass die Kommunen planen, sämtliche Plakatsäulen, Alleebäume, Straßenlaternen und Ampelmasten dick zu polstern, um schwere Verletzungen beim Aufprall der Facebook- und Twitter-Passanten tunlichst zu vermeiden. Warn-Signale haben sich nämlich als wenig hilfreich erwiesen, da viele der unheilbar süchtigen Zeitgenossen ihre Hörorgane zusätzlich mit Sound-Stöpseln belegt haben.

Vorbei die schöne Zeit, als man einer schönen Frau zwecks Flirtversuch in die Augen schaute. Werbetafeln und auf Hauswände liebevoll gesprayte Kunstwerke verpuffen achtlos ihre Wirkung. Versicherungen weigern sich inzwischen gar, derlei digitalfixierte Kunden ohne erhebliche Prämienzuschläge aufzunehmen.

Fachbüros arbeiten Empfehlungen aus, wie man die im Zustand der Dauertrance Befindlichen den Gefahren des Straßen- und Bahnverkehrs aussetzen kann. Außerdem sollen ja auch die zahlenmäßig kaum noch erfassbaren Anti-Smombies weitgehend vor Kollisionen mit den Suchtkranken geschützt werden.

Spezielle Hinweisschilder an Straßen und Bahngleisen etwa mit dem Text „Vorsicht, Smombie kreuzt!" oder „Smartphone- und Handybenutzer generell bevorrechtigt!" befinden sich bereits in der Testphase.

No-go 13

Zählen Sie etwa zu diesen abergläubischen und outgeburnten Individuen, die sich durch überraschende und rein zufällige Begebenheiten im Zusammenhang mit der Zahl 13 gleich in tiefste Depression stürzen lassen?

Zugegeben – es kann ja sein, dass Sie an einem 13. geboren sind und gerade ein durch 13 teilbares Alter erreicht haben.

Aber was kann denn nun diese schwarze Katze, die Ihnen am Freitag den 13. März von links an den Kotflügel gebumst ist, dafür, dass Sie mit 13 km/h durch die Fußgängerzone brettern, weil sie gerade auf dem Handy das Finanzamt anrufen (Tel. 13-9541), um gegen den Einkommensteuerbescheid 2013 nachträglich Widerspruch zu erheben?

Selbst die Oma, die soeben bei der Volksbank 13 Euro von ihrer Rente abgehoben hatte, kann schließlich nicht ahnen, dass sie von Ihnen auf dem Fußgängerüberweg mit den 13 Zebrastreifen auf die Schippe genommen wird, nur weil Ihnen die Außentemperatur von 13 Grad gesundheitlich zu schaffen macht?

Noch nicht einmal den unfallaufnehmenden Polizisten fiel auf, dass Sie an einem 13. den Führerschein erwarben, Ihr PKW die Zahlen 1313 im Kennzeichen führt und Sie in der Sonnenstraße 13 wohnen.

Was macht es da schon aus, dass der Schaden 1.300,13 Euro beträgt. Immerhin beziehen Sie ja ein 13. Monatsgehalt und gewannen im Spielcasino beim Roulette, als Sie alles auf die 13 setzten.

Und zu Hause wartet bereits die aktuelle Freundin, die Sie vor 13 Tagen an der Tankstelle kennen lernten, als Sie 13 Liter Diesel zu 1,13 Euro nachtankten.

Es erübrigt sich wohl zu erwähnen, dass sie die 13. Frau in Ihrer „Sammlung" ist...

So ändern sich die Zeiten

Was waren das noch für goldene Zeiten, wenn kurz vor Mittag ein korrekt mit Sturmhaube und Overall gewandeter Mann um die dreiunddreißig die örtliche Filiale der Raiffeisenbank betrat und mit sympathisch-schwäbischer Stimme die einzige Angestellte höflich um eine bescheidene Unterstützung aus der Kasse bat - unterstützt von einer Wasserspritzpistole Kaliber 0,7 Millimeter.

Mit einem glückseligen Lächeln und einem höflichen Dankeschön verschwand er dann mit dem vormittäglichen Barbestand von 976,23 Mark, der überwiegend aus der Einzahlung des Milchgeldes und dem Verkaufserlös für ein Schwein des Bauern Ansgard Übelhör resultierte.

Und heute? Keine Tankstelle, Spielhalle, Lottoannahmestelle oder Bäckerei ist mehr sicher vor brutalen Überfällen durch Gangster, die noch nicht einmal die deutsche Sprache beherrschen. Kapuzenpulli über Punkfrisur, drogenverzerrte, irre Gesichtszüge, in der „reinen" Hand ein Küchenmesser oder eine Machete und in der anderen ein Foto mit einer einladend lächelnden Frau gereiften Jahrgangs. Daneben der von Hand gekraxelte Text „Thank you for money, A.M. I love you!"

Was für ein Verfall unserer ehemals weltweit verehrten Kultur! Pfui Deibel!

Wir bauen Autos, sauber, chic,
TÜV und Dekra voll im Blick.
Der „Winter"korn, der musste gehen,
wer will im Herbst schon Winter sehn?
Jetzt muss es halt der Müller richten
und die Betrüger-Reihen lichten.
VW und Audi, traut vereint:
„Wir haben´s doch nur gut gemeint!"
Und wenn die Autos Diesel hassen,
sollten sie s`Fahren bleiben lassen.

Kultur made in Germany

Wir überschlagen uns derzeit geradezu in Sachen Kultur. Zuerst war da die *Streitkultur* mit den Griechen, danach dank der liebenswerten Frau Merkel eine noch nie dagewesene *Willkommenskultur,* direkt anschließend die *Ankommenskultur,* der demnächst die *Anerkennungskultur* folgt, in den und um die Fußballstadien eine *Fankultur,* bei den Mahlzeiten setzt sich immer mehr eine biologische, vegetarische und vegane *Esskultur* durch, in den Labors sprießen die vielfältigsten *Bakterienkulturen,* bei manchen sozialen Netzwerken und diversen Fernsehkanälen bisweilen eine *Fäkalkultur* und jetzt drängt man uns auch noch eine *VW-Unternehmungskultur* auf.

Bleibt die Hoffnung, dass sich irgendwann in diesem unserem Lande auch noch eine *Benehmenskultur* regeneriert.

Model oder Molly – oder doch lieber die pfundige Mitte?

Ja, wir Männer haben´s schwer. Die Haarfarbe, den Lippenstift oder den Lidschatten können die Mädels ja so oft wechseln wie wir unsere Unterhose (also mindestens alle zwei Wochen). Aber die Figur? Nee, die hält Monate, Jahre oder gar lebenslänglich. Und je nach Bedarf werden die unsinnigsten Begründungen dafür herbeigezaubert.

Während wir als Krone der Schöpfung meist nur eine aussagefähige Erläuterung zum Besten geben müssen („Ein Mann ohne Bauch ist ein Krüppel" oder bei schütterem Haarbefall „Das kommt vom vielen Bürsten"), verblüffen uns die Evas der Gesellschaft stets von neuem mit Ausreden aller Art.

Heinz Erhardt brachte es auf den Punkt, als er eine Frau mit einer Hundehütte verglich: „In jeder Ecke ein Knochen!" Den Gegensatz zu diesen Biafra-Gewächsen, denen man bei jeder Gelegenheit gerne ein zehngängiges Menü spendieren möchte und aus deren Beinchen man problemlos drei Seemannsknoten flechten könnte, bilden die eher *griffigen* Figuren („Mein Mann möchte sich doch auf mir keine blauen Flecken holen!").

Man muss zugeben, wir Männer machen es uns einfach. Wenn wir ausnahmsweise mal ein paar winzige Gramm mehr um die Taille haben, schnallen wir eben den Gürtel um ein Loch weiter. Die Damen müssen bei einem solchen *Unfall* von Konfektionsgröße 36 auf 38 jedoch gleich die komplette Garderobe austauschen.

In jedem Fall werden dann fadenscheinige Begründungen herbeigezerrt, wie sie im Folgenden nur anzukreuzen sind:

Für Unterernährte und Hungerleider
( ) Ich bin eben eher der sportliche Typ.
( ) In meinem früheren Beruf musste ich immer stundenlang an der Straße stehen.
( ) Ich habe eine extrem flotte Verdauung.
( ) Ich absolviere fünf Abnehm-Programme gleichzeitig.
( ) Ich ernähre mich ausschließlich bio-vegetarisch, meide alles was mir schmecken würde, keine Suppen, kein Dessert, keine Sahne, keine Pizza, trinke nur Wasser ohne Kohlensäure und rauche fünfzig Zigaretten am Tag.
( ) Ich habe jede Nacht mehrmals Sex und schlafe maximal drei Stunden.

Für *frauliche* Figuren
( ) Mir schmeckt´s halt!
( ) Das ist Veranlagung. Schon meine Ururgroßmutter war leicht übergewichtig.
( ) Ich habe schließlich drei Kinder entbunden.
( ) Bei mir schlägt alles sofort an.

( ) Ich muss nur meine drei Schnitzel samt Spätzle mit Sauce und Kartoffelsalat scharf anschauen und schon nehme ich zu.

( ) Ich mag mich so wie ich bin.

( ) Ich habe Rücken-, Hüft- und Kniebeschwerden, Doppelkinn, Hängebäckchen sowie Plattfüße und muss daher überflüssige Bewegung meiden. Sport ist Mord!

( ) Die Weight-Watchers-Weiber sind für mich echte Kotzbrocken.

Es lebe der Sport

Wo sportlich einst Turnvater Jahn,
zeugt Muskeln jetzt der Fitnesswahn.

Und Doping führt zur „Nummer eins",
Fördermittel gibt's sonst keins.

Reit-Turnier

Heute sieht man Pferde springen.
Vereinzelt tät dies auch gelingen
über Oxer, Wassergraben,
vor dem sie mächtig Bammel haben.

Doch zu des Reiters Ärgernis
sieht mancher Gaul spät Hindernis
und bremset davor messerscharf,
obwohl er dieses gar nicht darf.
Reiter fliegt.
Andrer siegt.

Die Damen nennt man „Amazonen",
obwohl sie hier in Deutschland wohnen.

Man spricht deutch

Zuerst ließ Müller Zwo den Ball von seiner breiten
Brust abtropfen, ehe er ihn auf den rechten
Hammer legte und mit dem Außenrist an Elias
Mkombibama vorbeistreichelte. Als der Keeper,
der schon während des gesamten Spiels auffällig
blass blieb, dann die von Goaly Rocky getretene
Kugel nur oberflächlich abklatschte, brauchte
Powalky sie nur noch abzustauben.

Ein Sommermärchen
(erzählt von Lichtgestalten, Monarchen, Hofnarren und Nestbeschmutzern)

Märchen wohl vor allem deshalb, weil hier die unterschiedlichsten Erzähler am Werk sind. Oder sollte das 2006er-Märchen doch eher als Drama enden?

Obwohl: Wenn man „Des Kaisers neue Kleider" umwandelt in „Des Kaisers neue Werbeverträge"…. Wenn man zum Beispiel den Slogan „Ja, ist denn etwa schon Pause?" umtextet in „Ja, ham wir denn etwa schon wieder gwonnen? Ja, da sieht man eben, was unser Vorsprung bei der Technik ausmacht!" Interessant wäre auch zu wissen, was der Franz für ein Handicap hat (beim Golfen).

„Ja, wo samma denn? Ich habe mich mit Haut und Haaren bemüht, die WM nach Deutschland zu holen."

Wer weiß, wenn der Franz nicht nur Seitenspringer, sondern auch Weitspringer wäre, vielleicht hätte er dann sogar Olympia 2024 nach Hamburg geholt? Obwohl da (fast) ausschließlich unterbezahlte Amateure aktiv sind? Also vielleicht doch alles nur ein Kasperltheater?

Verblüffend auch der Gedächtnisschwund bei vielen Beteiligten. Sollte dies in manchen Fällen von den vielen Kopf-Bällen herrühren? Wie bei diversen Boxern, deren Birne auch im Laufe der Jahre von schweren Treffern weichgeklopft wurde.

Einzelne verrentete und dem DFB nahestehende Funktionäre sind sogar bereit, ihr Nichtinformiertsein beim Leben ihrer Kinder zu beschwören. Dann erzählt man auch von falschen Zwanzigern und Lichtgestalt Franz bekennt, dass er immer alles unterschrieben habe, was man ihm vorlegte (auch blanko). Aber wenigstens ist der Netzer Günter ein durch und durch integrer Sportsmann.

Auf jeden Fall verzeihen scheinbar die deutschen Edel-Fans sämtliche Tricksereien und Betrugsversuche im Zusammenhang mit mutmaßlich gekauften Großveranstaltungen. Denn: „Wir sind Fußball und Fußball ist unser Leben!"

Fifa, UEFA, DFB, oje!
Und dann der Blatter. Was räumt sich auf Sepp?
Genau!

Ge*blatter*t und auch *Platiniert*,
der *Niersbach* kam hinzu.
Vor allem *Franz* – ganz ungeniert –
signierte alles blind im Nu.

Nun ist der *Gianni*
number one.
Hoffen wir,
dass e r es kann.

joseph

michel

wolfgang

kaiser franz

Beim Fußball gibt es immer häufiger Dauer-Verletzte. Man spricht dann gerne auch von Serienbeinbrechern.

Wer sich nicht selbst auf den Arm nehmen kann, ist total unsportlich.

Bei der Kontrolle im Fußballstadion konnte der Bayern-Fan Huber Korbinian keine Eintrittskarte vorweisen. Auf Befragen der Ordner erklärte er, dass ihm das alles am Arsch vorbeigehe, was er noch durch einen herzhaften Furz unterstrich.

Nicht jeder Fußballer, der seinen Gegner perfekt gegen das Schienbein tritt, schwingt genauso gekonnt das Tanzbein.

Beim Fußball wird das Sportgerät sowohl mit dem Fuße als auch mit dem Kopf getreten. Dies unterscheidet ihn erheblich vom Golfspiel.

Mia san mia
oder: doch lieber be(klopp)t als ge(pep)t?

Was wäre (Fußball-)Deutschland, ja Fußball-Europa, nein die ganze Fußball-Welt ohne den FC Bayern? Nix! Absolut nix! Jawoll!

Solche Lichtgestalten, Majestäten, Knastis, Häuschenanzünder, Nuttchenbesteiger in Reinkultur können andere Clubs nie nicht vorweisen. Jawoll! Da wäre doch auch mal wieder ein „Weltfußballer" überfällig; so phänomenal wie ein Messi oder Ronaldo sind die Rot-Weißen doch allemal. Oder ham die Hurgler etwa ein Oktoberfest? Na also. Und einen Seehofer, Söder oder Stoiber ham die auch alle nie nicht. Noch net mal Flüchtlinge ham die Spanier. Und schon gar net eine Million Flüchtige. Vielleicht den Suarez, aber sonst... Jawoll!

Und wenn jetzt der Pep meint, er könne die Fliege machen, kaufen wir uns einfach den Ancelotti. Zusammen mit den flüchtigen Schweini und Mertesacker. Und der Uli kommt ja auch wieder. Für die Finanzen. Der weiß, wie's geht. Jawoll.

Dann SAMMER wieder komplett.

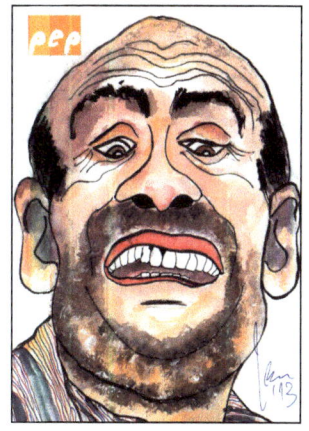

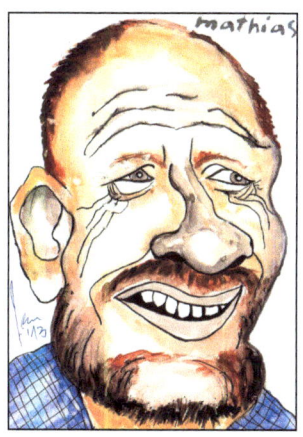

Fußball ohne Köpf(ch)en?
Durchaus denkbar.

Nach den barbarischen Terroranschlägen in Paris und dem kurzfristig abgesagten Fußball-Testspiel gegen die Niederlande in Hannover sollen nach Aussage aus gewöhnlich gut unterrichteten Kreisen unsere Nationalkicker und -köpfer samt ihrer Millionenschienbeine heftig traumatisiert gewesen sein und bedurften angeblich dringend psychologischer Aufbauhilfe. Zumal sie weder von unserer Kanzlerin („Ihr schafft das!") noch von der atemlosen Helene Fischer in der Kabine betreut, gehätschelt und besungen wurden.

Dabei wäre doch eine solche Unterstützungskultur *immens* wichtig gewesen, um auch künftig das *enorme* Potenzial bei *extrem* wichtigen Anlässen abzurufen und ans *absolute* Limit gehen zu können. Denn die bevorstehende EM wird von den Aushängeschildern Deutschlands *höggschte* Motivation unter *unglaublich* schwierigen Bedingungen verlangen, um die *wahnsinnigen* Belastungen *fantastisch* zu einem *gravierend* erfolgreichen Ende zu bringen.

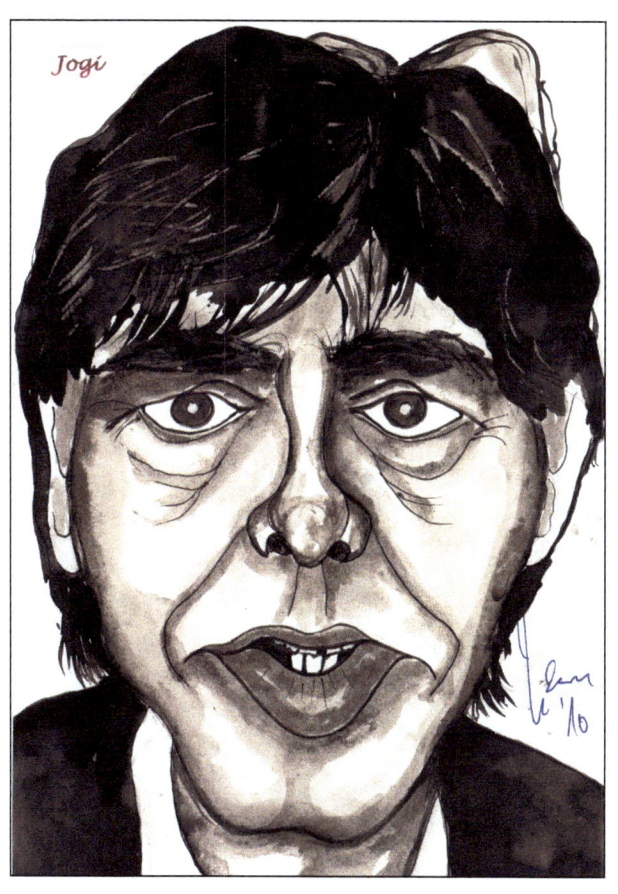

„Diese Mannschaft hat eine Chance
und zwei Tore erzielt."

Sportlich, sportlich...

In Deutschland gibt es zwei Arten von SPORT: Fußball und angeblich noch den so genannten *Leistungssport - trainingsintensiv* und *mies bezahlt*. Folgen wir einem Interview zwischen einem alkoholresistenten und genauso schlagkräftigen Schalker Edel-Fußball-Fan mit Leistungssportlern unterschiedlicher Disziplinen:

Fan:	Was machst du, ey?
Leistungssportler:	Judo
Fan:	Ach, das ist doch die Scheiße, wo du dem anderen ein Bein stellst und ihn anschließend würgst. Gibt es da auch eine Halbzeit?
Leistungssportler:	Nein, gibt es nicht.
Fan:	Dann ist das doch kein richtiger Sport. Und was treibt der andere Typ da?
Leistungssportler:	Turnen
Fan:	Ach, das ist doch die Scheiße, wo du an einer Stange rumhangelst wie ein Affe im Urwald und zum Schluss `nen Salto wie der Miro nach dem dritten Tor gegen die Färöer. Gibt es da auch eine Halbzeit?

Leistungssportler:	Nein, gibt es nicht.
Fan:	Dann ist das doch kein richtiger Sport. Und was machst du Kasper, ey?
Leistungssportler:	Rudern
Fan:	Ach, das ist doch die Scheiße, wo man mit dem Tretboot ein bisschen auf dem Mümmelsee rumfährt und mit `nem Paddel auf Fischen rumklopft. Gibt es da auch eine Halbzeit?
Leistungssportler:	Nein, gibt es nicht.
Fan:	Dann ist das auch kein richtiger Sport. Und was machst du, Tussi?
Leistungssportlerin:	Sportgymnastik
Fan:	Ach, das ist doch die Scheiße, wo die Schicksen zu Heavy Metal die Haxen verdrehen wie beim Vögeln. Gibt es da auch eine Halbzeit?
Leistungssportlerin:	Nein, gibt es nicht.
Fan:	Dann ist das auch kein richtiger Sport. Und du, Schlampe, was treibst du denn so, ey?
Leistungssportlerin:	Ich bin Springreiterin
Fan:	Ach, ist das nicht diese Scheiße, wo der Gaul über `nen Zaun oder `ne Hecke stolpert und du hockst einfach

vornehm drauf mit Hut und so und haust ihm die Peitsche auf die Klötze? Ab und zu hab ich schon gesehn, dass ihr ihm auch mit den Springerstiefeln in die Milz tretet, damit er besser hüpft. Gibt es da auch eine Halbzeit?

Leistungssportlerin: Nein, gibt es nicht.

Fan: Und ihr Trübtassen wollt euch Sportler nennen und dabei noch groß die Kohle absahnen? Euch hau ich gleich ein Veilchen in die polierte Fresse und steck euch `nen Chinaböller in den Arsch, ihr geldgeilen Assis. Und dann mach ich mit euch ein Selfie und bring uns bei Facebook ganz groß raus. Auch wenn´s bei euch nie zum Fußballer reicht. Aber als Werbung für Elektroschocker oder so.

Senioren-Kicker

Bewohner Sepp „Pele" Kniehumpler des Seniorenheims Alte Kicker randalierte vor blinder Wut und unbändigem Jähzorn derart nachhaltig in seiner Behausung, dass man sich letztlich doch noch entschied, ihn nachträglich für die U-90 Fußball-Mannschaft zu nominieren, wofür er sich dann auch gleich im ersten Spiel durch drei blitzsaubere Eigentore revanchierte, die er allesamt per Hand erzielt hatte.

Fußball-Kost

Hotte Kaloszminowsky ließ auf dem Rasen mal wieder seinen unnachahmlichen Torriecher sprechen. Abgekocht und abgebrüht wie eine Wiesn-Weißwurst zog er voller Schmackes ab. Sein gepfefferter Bums mit der linken Klebe war das Salz in der Suppe des ansonsten reichlich geschmacklosen Kicks. Mit saftlosen Knochen schleppte sich die gegnerische Elf über das Schnittlauchgrün. Keiner ihrer Pässe hatte Peperoni im Hintern. Ja, man kann sagen, es war insgesamt eine magere Kost für die sporthungrigen Gäste, die ihnen im frisch gemähten Rund aufgetischt wurde. Sie machte beileibe keinen Appetit auf mehr.

Jahreszeiten

Frühling, Sommer, Herbst und Winter
erfreuen Alte wie die Kinter.

Möglich macht es die Natur.
Von Klimawandel keine Spur.

Der Lenz ist kommen

Der Lenz hat Einzug nun gehalten,
dies freut die Jungen wie die Alten.

Ein Landmann macht sich schnell vom Acker
und streuet auch schon Samen wacker.
Ich glaube gar, er hat gedünkt,
weil es bis hoch zum Himmel stinkt.

Ein Häslein in der Furche hockt,
von Sonnenstrahl hervorgelockt.
Von einem Zweiglein trillert leise
frisch geschlüpfte blaue Meise.

`Nen Radler sieht man heftig schwitzen.
Nur ich muss hier im Zimmer sitzen
und reimen, bis die Schwarte kocht.
Ich hab den Frühling nie gemocht!

Frohe Ostern!

Rohe Eier erst gelocht,
dann zehn Minuten hartgekocht.
Getaucht in Farben blau, gelb, rot.
Eier fertig – Küken tot.

Eis-Saison

„Beim Italiener kauf mir Eis",
sagt sie, „heut ist so schrecklich heiß!"

Gesagt, getan. In Warteschlange
stehen wir dann reichlich lange,
bis sie eins auf die Waffel kriegt
und sich ganz zärtlich an mich schmiegt.

Mein Hemd ziert Schoko und Pistazie,
ich bin nicht böse, sage „Grazie!"
Von ihren Lippen Mokka, Nuss,
schmelze ich mit schmachtend Kuss.

Aus linker Hand tropft Soft-Zitrone.
Nur die rechte ist noch ohne.

Herbst-Idylle

Es ist Herbst, von einem Baum
trudelt Blatt. Man hört es kaum.

Pfeifend beutelt Wind Geäst
und gibt dem bunten Laub den Rest.

Ich schau in meinen Wochenplan:
Verdammt, ich bin mit Kehrwoch` dran!

Herbstdepressionen

Regen
trommelt dumpf
an
gläsern Scheiben.
Feuchte
Tropfen
kühlen glühend Haut.
Peitschend Nässe
durchdringet
schmerzend
fröstelnd Leib.

Scheißwetter!

Vernebelt

Wenn sich die Nebelschleier lichten,
lässt sich das Firmament bald sichten.

Und aus dem Dunste steigen leise
wie zarte Melodienweise
die Konturen meiner Bleibe.
Manchmal auch von einem Weibe.

Mary Christmas

Endlich naht das Weihnachtsfest,
Vorbereitung gab mir Rest.

Wo ist der Bart für Weihnachtsmann?
Jetzt ist doch gleich Bescherung dran!

Es lockt mit Plätzchen bunter Teller.
Kerzen brennen – Baum noch heller.

Wen wundert es eigentlich noch, wenn…

Man kann es oftmals kaum noch fassen,
was Menschen so vom Stapel lassen.

Skurril scheint es, macht fassungslos,
was unser Land macht - in die Hos.

Bis bald
im Wald!

Sehr geehrte Dame, sehr geehrter Herr!

Sobald Sie sich verbindlich entschlossen haben, für Ihre spätere - nachhaltige - Entsorgung zu planen, sollten Sie sich vertrauensvoll an uns wenden.
Wir bieten Ihrer Unikat-Asche nämlich ein beschauliches Plätzchen unter einem **Baum Ihrer Wahl.** Bitte kreuzen Sie einfach bei der untenstehenden Aufzählung Ihren Wunsch an:

( )   Eiche (deutsch)
( )   Eiche (polnisch)
( )   Buche   (Rot)
( )   Buche (Hain)
( )   Sauerkirsche
( )   Ahorn (Fächer)
( )   Trauerweide XXL
( )   Esche (Eber)
( )   Birke
( )   Quitte
( )   Apfel „Golden Delicious"
( )   Birne „Helene"

Danach entscheiden Sie sich bitte für eine **Urne** aus diesen Varianten:

( )   Steingut (braun mit weißen Blümchen, mit dem Fuße gemalt)

( ) Echt Meißner Porzellan mit Original-Namenszug
( ) Edelstahl rostfrei
( ) Messing-Legierung (maulwurfresistent)
( ) Silber (Stempelglanz) mit verschließbarem Deckel

Daraus errechnet sich dann der Gesamtbetrag. Sollten Sie noch weitere Leistungen bei uns in Auftrag geben wollen, erfüllen wir auch gerne diese speziellen Wünsche:

( ) Diskreter Urnentransfer ab Krematorium zu Ihrem Wunschbaum (Economy-Transfer oder Business-Class)
( ) Musikuntermalung bei der Beisetzung (z.B. „Arrivederci Hans", „Good bye my love", „Alte Kameraden", „Gute Freunde kann niemand trennen", „Du hast mich tausendmal betrogen" oder „Atemlos") mit unserem mobilen DJ Last Minute
( ) Blumenschmuck (Kunststoff, mehrfach einsetzbar)
( ) „Baum-Schild" mit Ihrem Namen (inklusive Pseudonym), samt diverser Auszeichnungen, Vereinsmitgliedschaften, Politischer Gesinnung, Vorstrafen, Punkte in Flensburg, aber auch originelle Sprüche wie „Deck di gut zu!" oder „Munter immer runter!"
( ) 1 Colli Tempo-Taschentücher gegen Tränen der Trauergäste

Natürlich können Sie bei uns auch online buchen. Wir setzen Sie dann umgehend auf eine Warteliste. Zur Zahlung klicken Sie anschließend bitte auf „Zur Kasse gehen". Sie haben bestimmt dafür Verständnis, dass wir auf Vorkasse bestehen müssen (Bargeld, ec-Karte oder Kreditkarte MasterCard, Visa, American Express).

Besten Dank für Ihr Interesse an unserem mitfühlenden Angebot.
Wir grüßen schon heute im Voraus untröstlich über Ihr Ableben

Ingrid-Sophie Wald-Buddler

Hier noch ein paar Episoden zum Thema „Urnen":

Klein Erna: „Mammi, ich möchte noch ein
                wenig mit der Oma   spielen."
Mammi: „Nichts da, die Urne bleibt zu!"

Traugott Seesacker hatte seinen Geist aufgegeben. Mitten im tiefsten Winter. Im Krematorium von Oberunterhachderling drückte man seiner trauernden Witwe die Urne gegen Empfangsbescheinigung in die Hand (leider noch nicht in der ganzen Republik üblich).
Draußen herrschte klirrende Kälte. Die Straßen und Gehwege glatt gefroren. Frau Seesacker stürzte und die Urne fiel ihr aus der Hand. Der Inhalt verteilte sich über den Gehweg. Hastig scharrte sie die Asche mit den Händen zusammen und füllte sie wieder in das Behältnis. Endlich zu Hause entleerte sie die Urne auf dem Küchentisch und seufzte herzerweichend: „Ja, das ist nun alles, was von meinem seligen Traugott übrig geblieben ist. Ein Häufchen Asche, ein Apfelkern, eine Brotkruste und ein paar Eierschalen".

Andere Länder –
andere Leibgerichte...

Auszüge aus Speisekarten zu Land oder auf See
- Vom Wirt frei übersetzt ins Deutsche -

Buletten:
Gehacktes Schwein rund gemacht

Schweinekotelett:
Schwein Rippen kaputt, dann klopfen

Schintzel Wiener Art:
Dünnes Schwein gehauen und von beid Seit
gebröselt

Schollenfilet al forno:
Von Fisch Kopf ab, Schwanz ab, Kräten fort
schmeißen. Auf Feuer von schwarz Kohle
geworfen. Jede Seit vier Minut brennen.
Fertig.

Pommes frites:
Kartoffeln ohne Haut gestreift.
Danach einfach in den Ofen schieben und warten.

Sepia-Sauce:
Schwarzes von Tinte vom Schwanzfüssler.

„running cheese"
Käse rennt davon. Zum Frühen Stück.

Roast Turkey
Gebraten Türke.

Minestrone:
Geschlachtet Gemüse, gekocht in Ochs-Brühe.

Gulasch:
Ochs und Schwein klein gemacht.
In Topf 3 Stunden heiß. Scharf essen.

Hähnchen:
Huhn-Mann, geschwitzt und gedreht an Grill.

Gedünstetes Hummel

Rösteten Reis mit dreifachen Feinheit

Rösteten Reis mit gemischten schmackhaft

00

Nein, hier geht es nicht etwa um eine Zahl beim amerikanischen Roulette, sondern um die notdürftigste aller Räumlichkeiten – also die Örtlichkeit, die jeder mehrmals täglich aufsuchen m u s s, ob er nun will oder nicht. Statistiker haben ermittelt, dass wir im Schnitt drei Jahre, vier Monate, siebzehn Tage, elf Stunden und sechsundvierzig Minuten unseres Lebens auf dem WC verbringen, je nach Geschlecht sitzend oder stehend oder sowohl als auch.

Deshalb werden im High-Tech-Zeitalter die Toiletten auch immer komfortabler. Vorbei die Zeit, als man bei Kälte, Nässe und mit Kerze über den Hof eilen musste, um im Häuschen mit dem aufgemalten Herzen den Dingen freien Lauf zu lassen. Heute wirbt man für die gemütlichsten Stunden des Tages mit Sitzheizung oder gar spezieller Musikberieselung (Vorschlag zum Beispiel: „Alles vorbei, Tom Dooley" oder „Sag zum Abschied leise Servus").

In Ländern mit extremer Wasserknappheit wird behördlich empfohlen, das Pinkeln mit dem Duschen zu kombinieren. Ein Verfahren, das im Schwimmbecken öffentlicher Freibäder schon lange gute Sitte sein soll.

Gesundheitliche Folgen sind beim Pinkeln gegen unter Strom stehende Weidezäune oder etwa in Steckdosen nicht völlig auszuschließen. Manchmal verhelfen sie dem Wasserlasser aber sogar zu einer nicht mehr für möglich gehaltenen Erektion.

In schwäbischen Besenwirtschaften wird ein spezielles Gericht besonders geschätzt: Salzfleisch mit Sauerkraut. In Kombination mit Wein verursacht dies in manchen Gedärmen rasch drangvolle Enge, die sich zwangsläufig auf dem Klo in heftigen Stürmen entlädt. Es ist keine Seltenheit, dass sich aufgrund dieser Ausdünstungen der Rauchmelder in Betrieb setzt. Behörden prüfen inzwischen, ob solche Emissionen nicht gar unter die Abgasnorm fallen.

Besonders findige Hersteller von Toilettenpapier schmücken ihre Produkte mit Namen von Prominenten. Was bereitet auch größere Befriedigung, als beispielsweise sagen zu können: „Ich scheiße auf Heidi oder Helene?"

Es ist ein auffälliges Geheimnis, dass Damen in Lokalen bevorzugt das stille Örtchen gemeinsam mit Leidensgenossinnen aufsuchen. Sei es aus Gründen der Kommunikation oder um aus der Linie geratene Strumpfnähte wieder zurecht zu rücken. Doch auch bei ihnen lässt sich nicht ausschließen, dass Begleittöne fern jeglicher korrekter Tonleiter entweichen. Während sich diese jedoch mit erheblichem Schamgefühl der Verursacherinnen paaren, sind Männer beim gemeinsamen Erleichtern an der Pissreine wesentlich pflegeleichter – frei nach dem Motto „Ich furze, und das ist gut so!"

Ich bitte den geneigten Leser im Nachhinein um Nachsicht, dass ich mich zu diesem besch... Thema in umgangssprachlichem Jargon ausgelassen habe.

Bitte rechts gehen –
auch die Linken!

Aus Statistiken geht einwandfrei hervor, dass in letzter Zeit „Linke" (damit ist nicht etwa eine politische Ausrichtung gemeint!) in auffallender Zahl zunehmen. Dies mag an den vererbten Genen liegen oder doch mehr an mangelnder Umerziehung auf „Rechts".

So verfügen wir inzwischen über ein regelrechtes Überangebot an

> Linksfüßlern beim Fußball
> Linksjoggern auf Waldwegen
> Linksfahrern im Straßenverkehr
> Linksträgern beim Hosenkauf
> Linkstrinkern und -essern
> Linkssehern
> Linksküssern
> Linksschießern
> Linksschreibern und -malern
> Linkstänzern

Lediglich dort, wo beide Hände gefragt sind (Klavier, Akkordeon, Blasinstrumente, PC, Geschirrspülen, Sex) werden diese auch in der Praxis eingesetzt.

Findige Geschäftemacher bieten daher verstärkt Hilfsmittel an, welche überwiegend

Linksorientierte bei Gewohnheiten des täglichen Lebens unterstützen sollen.

So werden unter anderem Joggingpfade mittels Mittelleitlinie zweispurig angelegt, in PKWs werden Gas- und Bremspedale getauscht, an Biergläsern werden die Henkel alternativ auch links angebracht, ein Linksfuß beim Fußball wird anstelle des nicht vorhandenen Rechtsfußes verstärkt auf Kopfball trainiert, bei den Polizei-Spezial-Einsatzkommandos gibt es ab sofort Pistolen-Sonderanfertigungen mit linkem Abzugsbügel, für Linksseher werden die Fernsehprogramme ausschließlich auf die linke Bildschirmhälfte verlagert, Linksgeher erhalten im Schuhfachgeschäft auf Anfrage rechte Schuhe mit Absatzerhöhung und in Tanzschulen wird der Wiener Walzer bevorzugt linksherum eingeübt. Männer wissen es zu schätzen, dass bei Hosen im Schritt links eine zusätzliche Falte eingearbeitet wird und für Linkshänder wird zur Unterschriftsleistung der Schreibtisch links um zirka dreißig Zentimeter verbreitert.

Warum nur versetzt es einen halbwegs normal belichteten Oldie aus dem vorigen Jahrtausend in maßloses Erstaunen...

Oder entspricht es gar dem äußerst bescheidenen Zeitgeist...
Oder ist es ganz einfach nur cool & trendy...

... wenn ein Fahranfänger nach der Autowäsche im Waschsalon mit 120 Sachen durch die geschlossene Ortschaft brettert, um sein liebstes Kind im Luftstrom energetisch einwandfrei zu trocknen...

... wenn an sich freilaufende Bio-Hühner bei Regen, Matsch oder Schnee im Stall bleiben dürfen. Begründung: Bei einem solchen Sauwetter jagt man doch schließlich kein Huhn vor die Türe...

... wenn Teenager zum Selfie auf stark befahrenen Bahngleisen oder auf Brückengeländern über reißenden Fluten posieren...

... wenn Jugendliche im sportlichen Wettkampf auf Hallendächer klettern, um sich danach durch ein Dachfenster zehn Meter in die Tiefe plumpsen zu lassen, wonach der Überlebende voll lucky ruft: „Ey, isch bin Winner!"...

... wenn in so genannten *sozialen* Netzwerken *shitstorms* millionenfach *gepostet* werden, die man dann nur noch mit größtem Wohlwollen als *asozial* bezeichnen kann. Eigentlich hatte ich immer unterstellt, dass Surfen nur auf Wasser mittels Brett funktioniert. Weit gefehlt! Das Brett ist wohl vorhanden (vor dem Kopf), aber statt des Wassers reicht eine dicke Hornhaut am Daumen völlig aus, um diverse Smartphones oder ähnliche Digitalitäten zu bewegen. Und was in einem Brief völlig undiskutabel wäre, nämlich auffällige Defizite bei der Rechtschreibung, wird am Suchtgerät rücksichtsvoll verziehen. Denn der Nachrichtenempfänger spielt ja in derselben IQ-Liga. Übrigens hat unlängst eine dieser DaumenrubblerInnen die Kurzform **IQ** sachkundig übersetzt mit „Im Kopf". Dem ist wohl nichts Intelligentes hinzuzufügen...

... wenn ein Fußball-Schiedsrichter der Kreisliga B1 von rasendem Hunger gequält das Spiel unterbricht, zu der überschaubaren Zuschauermenge rennt, einem Fan die Currywurst aus der Hand reißt, diese gierig verspeist und danach gesättigt das Spiel wieder freigibt...

... wenn auf einem Bahnhof Abschiedsküsse in einem extra ausgewiesenen und mit Verbotsschildern gekennzeichneten Bereich untersagt sind, um das pünktliche Einhalten der Fahrpläne nicht zu gefährden...

... wenn eine unkonzentrierte Tierschutzaktivistin zur Zeit der Krötenwanderung beim Einsammeln solcher wertvoller Amphibien an deren Stelle auf der einsamen nächtlichen Landstraße von einem Auto platt gewalzt wird...

... wenn ein Mann nachts so laut schnarcht, dass die gerade noch zulässige Lärmschutzgrenze von 90 Dezibel regelmäßig überschritten wird und seine Gattin demzufolge Gefahr läuft, auf Dauer einen Hörschaden zu erleiden. In solchen Fällen bezahlt die Krankenkasse der Geschädigten aus Kulanz einen schallschluckenden Gehörschutz des Modells „Biene Maya"...

... wenn man online einen gebrauchten Kaminofen ersteigert und darin beim ersten Anheizen ein amputiertes Raucherbein findet, das der Vorbesitzer dort für alle späteren Eventualitäten gebunkert hatte...

... wenn in einem gutbürgerlichen Restaurant in Oberbayern außer dem Rauchen und Spucken auf den Fußboden auch unflätiges Fluchen verboten ist. Wobei letztlich allein der Wirt entscheidet, was nach seiner Meinung unter die Rubrik „Fluchen" fällt (so erfüllen zum Beispiel verbürgte Begriffe des Brauchtums wie Sauhund elendiger, Sagradi, Gscherter Hammel gscherter, Depp damischer oder Saupreiß diese Voraussetzung nicht). Fällt ein Schimpfwort, verweist der Wirt kraft Hausrechts den Gast für die Dauer des Fluchens aus dem Lokal...

... wenn vom Minarett einer türkischen Moschee mittels Sabotage an der Übertragungsanlage anstelle des Rufes des Muezzin der Titel „Schatten überm Rosenhof" von den Kastelruther Spatzen erklingt…

… wenn ein findiger katholischer Priester nach dem Gottesdienst nicht mit dem obligatorischen Klingelbeutel um Spenden bettelt, sondern am Kirchenausgang für die Gläubigen ein Kreditkartenlesegerät (Visa, MasterCard, American Express akzeptiert) installiert hat…

… wenn ein Kamel aus einem gastierenden Zirkus ausreißt, die innerörtliche Hauptstraße verbotenerweise auf einem Zebrastreifen überquert und dafür gebührenpflichtig verwarnt wird…

… wenn neben fairem Kaffee nun auch mit fairer Schokolade gehandelt wird. Stellt beim Discounter das Kassenpersonal beim Scannen der Ware einen Verstoß gegen diese Fairness fest, indem der Kunde zum Beispiel „Graf Unsport" aus dem Regal genommen hat, wird er mit einer gelben Karte verwarnt. Bei mehrmaligen Verfehlungen kann er dann bei sturer Uneinsichtigkeit für drei künftige Einkäufe gesperrt werden…

… wenn Helene Fischer im Duett mit Florian Silbereisen Deutschland beim ESC vertritt und dabei vor allem auch körperlich alles gibt. Ihr spanischer Song „Coito mucho, mi amor" hat laut Meinungsforschern berechtigte Chancen, die bisherigen Ergebnisse zu toppen und bei der Abstimmung „Deutschland minus 20 Punkte" zu bescheren. Alternativ steht Andreas

Gabalier mit „Hula, hula, huladiho, oladiöh" bereit...

... wenn in einer texanischen Kleinstadt der Sheriff weiterhin im Amt bleiben darf, obwohl er sich bereits drei Mal sturzbesoffen beim Fallen vom Barhocker im Saloon in Bein, Fuß und Hüfte schoss, jedoch bei Festnahmeversuchen von steckbrieflich gesuchten Gangstern sich seine Kugeln stets erfolglos in der Prärie verirrten...

... wenn zwar eine hübsche Blondine mit rumänischen Wurzeln beim Sicherheitscheck am Flughafen wegen ihrer prall gefüllten Oberweite auffällt - die sich dann auch tatsächlich als Versteck für zwei dicke Bündel Falschgeld herausstellt - , aber dagegen ein südländischer Macho-Typ mit ebenso stramm ausgebeulter Hose augenzwinkernd durchgewinkt wird, so stellt dies wieder einmal eine herbe Diskriminierung von Frauen dar, gegen die auf das Schärfste vorzugehen ist...

... wenn in fernen Ländern verständnisvoll auf spezielle Touristen-Bedürfnisse reagiert wird. Nachdem in Asien bei Naturkatastrophen Fahrstühle zum Teil stundenlang ausfielen, werden dort jetzt vorausschauend WCs eingebaut. Außerdem sind für alle Kabinen Sushi-, Jasmintee-, Kaugummi- sowie Kondomautomaten geplant. A propos Toiletten: In manchen Ländern müssen vor Benutzung die Straßenschuhe gegen WC-Pantoffeln getauscht werden. Barfußpinkeln ist strikt untersagt. Spezielle WC-Security-Aufseher (Asia-Mindestlohn) mit

Kung Fu-Ausbildung wachen über die penible Einhaltung…

… wenn der Brandschutz infolge der eingeladenen Flüchtlingsströme auch bei uns immer größeren Stellenwert bekommt. Da die sofortige Umsetzung der strengen Sicherheitsvorschriften sowohl technisch als auch personell nicht zu schaffen ist, bietet es sich an, als Übergangslösung jeden Raum mit einer handbetriebenen Sirene auszustatten. Außerdem wird das betreuende Personal darin geschult, mittels Rauchsignalen analog des Morsealphabets andere Mitbewohner zu warnen…

… wenn das Verkehrsressort durch mehrere hochrangige Beamte prüfen lässt, auf welche Weise die Polizei nackte Radfahrer ohne Helm oder Motorradfahrer ohne angelegten Sicherheitsgurt auf frischer Tat abstrafen kann…

… wenn bei Versteigerungen oder auf Flohmärkten exklusive Artikel von hohem ideellem Wert angeboten werden. So wurden auf solchen Basars angeblich bereits die Bade-Ente der Queen, ein rosaroter Schlüpfer von Cindy von Marzahn oder eine gebrauchte Uniformunterhose von Friedrich dem Großen gesichtet. Auch ein Beinkleid von Napoleon - der stets rote Hosen trug, damit man etwaiges Blut nicht sah - wurde angeboten. Sogar von einem anderen großen Feldherrn soll aus anderen Gründen schon - braunes - Hosenmaterial offeriert worden sein…

… wenn ein Bankräuber mit seinem in allen Medien

verbreiteten unvorteilhaften Fahndungsfoto überhaupt nicht einverstanden ist und der Polizei stattdessen ein Bild neuesten Datums samt Absender zuschickt...

... wenn in manchen Urlaubsländern Sex während des Autofahrens unnachgiebig bestraft wird. Erschwerend wirkt sich dabei aus, wenn die entsprechenden Handlungen auf dem Rücksitz vorgenommen werden...

... wenn die biologischen Hinterlassenschaften von schlecht erzogenen Hunden derart überhand nehmen, dass die Behörden zu strengen Maßnahmen greifen müssen. Es ist mancherorts geplant, von derlei Haustieren DNA-Proben zu nehmen, anhand derer man bei Zuwiderhandlungen zweifelsfrei vom Hundehäufchen auf den Besitzer schließen kann...

... wenn einem vom heiß geliebten Finanzamt eine Mahnung über 17 Cent ins Haus flattert (Portokosten 70 Cent). Mit dem großzügigen Hinweis, man könne in Härtefällen selbstverständlich Ratenzahlung beantragen...

... wenn man unterwegs auf der Autobahn in einen Apfel beißt und den Rest aus dem Fenster wirft, weil gerade das Handy klingelt. Als ausgesprochenes Pech müsste man es bezeichnen, wenn in dem Apfel jedoch die komplette Oberkieferprothese stecken blieb und man bei der anschließenden peniblen Suche lediglich den Rest des Apfels auffinden kann. Nur einem gütigen Umstand wäre es dann zu verdanken, dass ein anderer Verkehrsteilnehmer über die verlorene Prothese fährt und sich durch deren Biss einen platten Reifen einhandelt...

... in manchen deutschen Gerichtssälen das Tragen von Roben für Staatsanwälte und Verteidiger abgeschafft werden soll. Diese Tradition ist auf eine Verfügung eines preußischen Königs zurückzuführen, der mit dieser Kluft diesen Berufsstand „schon von weitem kenntlich machen wollte, damit man sich vor diesen Spitzbuben hüten kann". Man stelle sich vor, wenn diese Handhabung womöglich auch noch auf andere Berufsgruppen übergreift…

... wenn manche Leute in ihre Geburts- und Ehenamen so sehr verliebt sind, dass sie diese unter allen Umständen weiterführen beziehungsweise kombinieren möchten. Da oft auch bereits die Vornamen als Doppelnamen geführt werden, ergeben sich hierdurch interessante Resultate. Heiratet zum Beispiel Ewald-Rupert Knie-Beisser das Fräulein Antje-Katrin Müll-Leerer, so dürfte sie sich jetzt voll Stolz Antje-Katrin Knie-Beisser-Müll-Leerer nennen. Da jedoch sowohl auf Ausweisformularen als auch der Geduld mancher Sachbearbeiter Grenzen gesetzt sind, bedenkt man ernsthaft, solchen Auswüchsen einen berechtigten Riegel vorschieben…

... wenn man die Ausstattung der zu Stadtbahn-Haltestellen führenden Zugänge von einer Mindestanzahl von Benutzern abhängig macht, ohne dabei sonstige Eventualitäten zu berücksichtigen. Wenn also aufgrund einer Zählung an einem bestimmten Tag nur 187 Bürger anstelle der vorgeschriebenen Mindestgrenze von 242 Bürgern die Bahn nutzen, berechtigt dies weder einen Aufzug für Leute mit körperlichen Behinderungen oder schweren Koffern noch einen separaten Auf-/Abgang für Kinderwägen oder Fahrräder. Wenn man gleichzeitig bedenkt, welche (Un)Summen momentan für Containersiedlungen oder Leichtbauzelte womöglich samt WLAN-Anschlüssen investiert werden, könnte man gelegentlich an der korrekten Abwägung von Interessen zweifeln...

...wenn in Kliniken unter Voll-Narkose bei Operationen Blutübertragungen mit falschen Blutgruppen vorgenommen werden, die sogar tödlich verlaufen können oder aber an falschen Gliedmaßen operiert wird. Besonders in England sollten Männer auf der Hut sein, wenn der Doc anstelle des Blinddarms verzweifelt nach dem Eierstock sucht und bei der OP womöglich sein Glasauge im Bauchraum verliert. Vorsicht auch, wenn sich die OP-Schwester zu sehr über Sie beugt; sie könnte nachher ihr Brustwarzen-Piercing vermissen. Auf jeden Fall vor jeder OP noch in wachem Zustand überprüfen, ob die richtigen Blutkonserven bereitstehen und am besten selbst mittels Filzschreiber das gewünschte OP-Feld markieren (rechte oder linke Hüfte, linkes oder rechtes Kniegelenk, Blinddarm rechts usw.)...

...wenn sich bei Meinungs-Umfragen oftmals

verblüffende Resultate ergeben. So ist es auch kaum verwunderlich, wenn selbst im Wahllokal viele Wähler noch nicht wissen, wo sie ihr Kreuzchen anbringen wollen. Ein Umfrage-Ergebnis zu folgender Frage könnte also durchaus lauten:

„Welcher Partei gehört Horst Seehofer an?"

AfD	37 %
FDP	3 %
weiß nicht	60 %

oder

„Wie oft haben Sie bereits Ihren Partner betrogen?"

niemals	1 %
5 bis 7 Mal	23 %
weiß nicht	76 %

… wenn bei der Post Mitarbeiter schneller befördert werden als die Briefe…

… wenn man dem Gerichtsvollzieher höflich einen Stuhl anbietet, dieser aber stattdessen den Fernseher inklusive Bierkasten mitnimmt…

… wenn man im Möbel-Abholmarkt ein Gästebett zu einem unschlagbaren Preis erwirbt und - da die Aufbauanleitung in deutscher Sprache nur sehr eingeschränkt anwendbar ist - nach drei Tagen harter Arbeit endlich feststellt, dass das zusammengebastelte Bücherregal eigentlich auch ganz brauchbar ist. Und die Matratze kann man sich nebenbei auch noch sparen…

… wenn man plant, eh schon sperrige Trucks nochmals

um 6,5 Meter zu verlängern. Frage: Wie steuern solche Long Vehicles ungestreift um dörfliche Kurven, Abbiegespuren, Ampeln, Kreisverkehre? Antwort der Politik: Zwei solcher Großgefährte ersetzen drei normale LKWs! Alles logo?...

... wenn sich ein Veganer fleischlos, fischlos, eierlos, milchlos ernährt. Aber zum Glück gibt es ja Linsen- und marokkanischen Kichererbseneintopf, Spinat, Käse auf pflanzlicher Basis, Maultaschen (Nudelteig ohne Eier), veganen Wein bis hin zu veganen Büchern, Kosmetikartikeln, vegane Verhüterli, sogar Trachten und Lederhosen-Imitate sind auf dem Markt und man tankt vegan. Und an alldem hat man Spaß und die Befriedigung, dass man gesund lebt. Dann sollte ER aber auch so konsequent sein und die Finger von den Frauen lassen, denn die bestehen nun mal auch zu zirka 13 % aus Fleisch...

... wenn hochschwangere Eltern ihren demnächstigen Nachwuchs mit trendigen Vornamen aus Märchen, Medien oder von großen Vorbildern der Weltgeschichte schmücken. Passé sind Herbert, Gertrud und Barbara oder die Bibel-Promis Elias, Joshua, Samuel. Lisbeth und Kathrinchen sind zwar schwer im Kommen aber was ist das alles gegen Tarzan, Beinhart, Shrek, Schweiger, App, Naidoo oder Obelix?
Und mal ehrlich: Winnetou Uff Schlodderle hat doch was, oder?
Besonders trendy: Merkel Aishe Ramdaza. Süß!
Der Hammer: Barack Haxenschäufele. Whow!

Oder gar: Marie-Huana Ohnmacht. Rülps!

… wenn ein Paket nach dem anderen geschnürt wird: Amazon-Paket, Zalando-Paket, Griechenland-Rettungspaket, Sicherheitspaket, Asylpaket II. Die Frage ist nur, wer verpackt all die Pakete, stellt sie zu und vor allem: Wer bezahlt das „Porto?"…

… wenn man sich besoffener und sonstwie zugedröhnter Hooligans, Schläger, Klauer, Diebe und Grabscher mit „Platzverweisen" erwehrt und die sich dann der Einfachheit halber für ihre Hobbys einen neuen „Platz" aussuchen…

… wenn man erwägt, eine Helmpflicht für Autofahrer einzuführen. Allerdings soll dann im Gegenzug die Nutzung von Handys, Smartphones und Kollegen während des Fahrens wieder erlaubt sein…

… dass Fußball-Bundesligaspiele von unserer Polizei auf Kosten der Allgemeinheit gesichert werden müssen. Von einer Polizei, die sowieso schon überlastet ist: Zusätzliche Aufgaben wie Dauereinsätze in Asylbewerberunterkünften und Präsenz bei Demos aller Art kratzen am sowieso nicht üppigen Personalstand. Die Beamten sind an ihrer Belastungsgrenze angelangt und schieben stetig anwachsende Überstunden vor sich her. Gerade bei den Fußballspielen sollte man sich allmählich überlegen, ob diese wirklich den Ruf nach öffentlicher Sicherheit rechtfertigen. Aber wenn sich natürlich bereits bei Turnieren von E-Jugendlichen die sachkundigen Väter prügeln… Komischerweise ist mir kein Fall bekannt, wo bei Turn-, Leichtathletik, Handball-, Basketball-, Judo-, Billard-, ja selbst Box-Veranstaltungen die Polizei gegen Randalierer oder Fans einschreiten musste.

Ernährung heute

**Weihnachtsgans und auch vegan,
mit Bio kriegt man viele dran.**

**Doch auch der Döner, Halber Hahn,
fördern den Ernährungswahn.**

Endlich hat es auch der hinterletzte Bundestagsabgeordnete bemerkt: Die Kinder werden immer dicker! Und warum wohl? Kein richtiges Frühstück, keine Bewegung - außer mit dem Daumen über das Smartphone streicheln -, zum Mittagessen Kinderpingui, eine Portion Pommes rot/weiß oder sonstige Finger-/Fastfood, nach der Schule zu Hause schnell vor die Playstation und danach Sofa-Fernsehen bis zum Abwinken.

Und warum sollte sich daran etwas ändern, solange es die Erziehungsberechtigten genauso vor-essen? Zumal ja die „Haus"frauen im hergebrachten Sinne eigentlich gar keine mehr sind. Denn die Mutti von heute ist ausschließlich Zweitverdiener, um den all inclusive-Türkeiurlaub oder den Audi A 6 standesgemäß mitzufinanzieren. Laut Alltours müsste man sogar dreimal in Urlaub fahren und den Nachbarn die Blumen gießen lassen….

Wenn diese Spezies Frau dann erschöpft von der Arbeit heimkehrt, gehört ihre Lust zu allerletzt dem Kochen. Zumal sie es ja nie richtig gelernt hat wie ihre rückständigen Vorfahren. Außerdem muss man solch niedere Tätigkeiten auch gar nicht mehr beherrschen. In den Regalen und Tiefkühltruhen der Discounter findet man schließlich alles, was das Herz begehrt beziehungsweise wonach der Magen ruft: Vorgefertigtes Fleisch, Fischstäbchen, Buttergemüse, Salatmischungen mit und ohne Feta, Wurst, Käse gelocht oder light in allen Variationen und Verpackungen. Knorr und Maggi buhlen mit Fertigsuppen und –soßen um die Gunst der Rührlöffel-Köche und selbst die im Internet erhältlichen Kochrezepte schließen mit dem Satz: „Gib einfach Fleisch dazu!"

Ich schäme mich inzwischen fast, einzugestehen, dass ich leidenschaftlicher Hobbykoch bin. Und so brate und brutzle ich gelegentlich am heimischen Herd, wonach gerade der Sinn steht. Nicht etwa, um meiner Frau einen Gefallen zu tun. Nein, ich vergleiche dies vielmehr mit der edlen Malkunst. Auch da weiß ich, welche Zutaten ich benötige, aber dann geht es ohne Rezept plus Begeisterung in die Vollen und das Ergebnis ist dann oft vom Zufall – jedoch stets von Erfolg geprägt.

Doch jetzt hat Vorwerk ein Gerät auf den Koch-Markt geworfen, das selbst bei Jungfrauen ohne jegliche Küchen-Libido heißeste Gelüste entfacht: Den Thermie. Dieses Gerät zum schlappen Preis von 1.109 Euro kann man nicht etwa „überall" erwerben. Nein, dies ist ausschließlich privaten Events vorbehalten. Ähnlich der Verkaufsstrategie von Tupperware und AMC treffen sich Frauen zu einem „netten Abend" im Kreis von Freundinnen, Bekannten und Nachbarinnen unter dezenter Anleitung einer bestens geschulten und zielorientierten Verkaufsstrategin. Und wer möchte sich schon blamieren und ohne solch einen „Allrounder der Küchenwerkstatt" die traute Runde der Fortbildung verlassen? Niemand!

Zumal dieser Steckdosen-Künstler wirklich (fast) alles beherrscht. Er raspelt, schnitzelt, wiegt die Zutaten, rührt, mixt, dosiert, kocht und jedes Mal, wenn ein Vorgang beendet ist, ruft ein nicht zu überhörendes Signal die „Köchin" herbei, um die Taste „weiter" oder „fertig" zu drücken. Während diese anspruchsvollen Befehle widerspruchslos ausgeführt werden, lässt sich derweil locker in einer Zeitschrift blättern oder bei der 100. Wiederholung einer Gerichtsshow mitfiebern.   Sogar James Bond würde sich über seinen Thermie-Manhattan-Cocktail („Nur gerührt und nicht geschüttelt!") freuen. Aber eines kann dieses Multigerät nicht: Braten! Sollte sich also der Herr des Hauses tatsächlich erdreisten, am Sonntag einen Rost*braten* auf die Wunsch-Menükarte zu setzen, dann muss der Thermie („Kochen ohne Köpfchen") sich wohl oder übel eine Erholungspause gönnen. Aber kein Beinbruch – dann springt eben wieder die gute alte Pfanne von AMC ein. Und etwaige Essensreste werden in der Tiefkühlbox von Tupperware eingefroren.

Die edle Kochkunst lebe hoch, hoch, Thermie!

In diesem Sinne: Guten Appetit!

Einen Kaviar-Gourmet bezeichnet man
als rogenabhängig.

Eine Zeitungsente wird nicht dadurch
bekömmlicher, dass man sie delikat füllt
und perfekt anrichtet.

Wie man sich mästet, so wiegt man.

Nachdem er den Braten gerochen hatte,
musste er die Suppe ganz alleine auslöffeln.

Es wird mit Recht ein guter Braten
gerechnet zu den guten Taten. *)
Drum meide ich den Fleischlos-Wahn,
man nennt ihn neudeutsch auch vegan.

Lieber ein bisschen zu viel gegessen
als zu wenig getrunken.

Bei einem Mitesser muss es sich nicht
unbedingt um einen Gast handeln.

Man kann sich an einem zähen Rindersteak
und an einer hartnäckigen Frau gleichermaßen
die Zähne ausbeißen.

*) Wilhelm Busch

Lasst die (Michelin-)Sterne leuchten oder es gibt was auf die (Gault-Millau-)Mütze!

Sie kennen das ja bestimmt auch: Wo man auch nachmittags hinzappt – nur Koch-„Shows" rund um den Herd.

Der Vincent Klink oder der Schuhbeck Alfons, Grill den Henssler, Tim Mälzer kocht! Lanz kocht! Kochen bei Kerner, Sarah und die Küchenkinder und, und, und...

Aber besonders in den Vordergrund drängelt sich Lafer! Lichter! Lecker!

Komischerweise keine Spur von Harald Wohlfahrt oder Eckart Witzigmann. Obwohl ersterer seine Goldmedaille auf dem Podium seit Jahren unangefochten verteidigt und Witzigmann gar zum Jahrhundertkoch ernannt wurde. Vermutlich haben sie gar keine Zeit für diese Fernseh-Küchen-Tatorte, mit denen man allerdings recht gut absahnen dürfte; zumal, wenn man noch Kochbücher herausgibt, eigene Öle kreiert, Pfeffermühlen schnitzt etc.

Ich habe den dummen Verdacht, dass der Lafer Johann – wenn er erst mal seine Steuern nachbezahlt hat – gar für den *Koch des Jahrtausends* kandidiert. Als gebürtiger Österreicher ist er ja als Meister-Patissier prädestiniert für Wiener Apfelstrudel oder Sachertorte. Wobei allerdings ein Menü in der Regel nicht nur aus dem Dessert, sondern auch noch aus Vorspeisen, Suppe, Hauptgericht, Beilagen und Salaten besteht....

Aber wenn einer bei den weiblichen Verehrerinnen so charmant rüberkommt wie der Dauerlacher Johann, würde er das wohl sogar auf die vegane Tour schaffen. Und auch die Schüler mögen ihn – als Betreiber einer Schulmensa in Bad Kreuznach. Hoffentlich hebt er nicht ab. Als Helikopter-Pilot schafft er das ja bereits...

Und was macht der Lichter Horst? Der kocht vor lauter Humor!

Lecker!

Bio (logisch)

BIO heißt das Modewort.
Man produziert an jedem Ort
inmitten Minimal-Natur
und sorgt für Vitamine pur.

Bio-Äpfel und -Salat
gibt es reichlich und -Spinat.
Auch Kürbis, Gurken und Gemüse
seien gesund für manche Drüse.

Glücklich´ Hühner reihenweise
legen Eier in die Sch…..
Vegetarisch lebt das Schwein
für superschlankes Haxenbein.

Die frische Milch von lila Kühen
wird zum Joghurt ohne Mühen
und strengstens überwachtes Futter
garantiert für Landluft-Butter.

Roastbeef nur von Weiderindern.
Chicken Wings gehör`n den Kindern.
Am glücklichsten jedoch ist schlauer
und gut entlohnter Bio-Bauer.

Gesucht wird...

Man wirbt per Mail und auch Annonce
für Partnerschaft und andre Chose.

Auch Wohnung, Auto, Rasenmäher
bringt uns den Intressenten näher.

Ich bin nett, lustig, ehrlich, treu, zärtlich, sportlich schlank und zierlich

Liest man sich aus purem Amüsement gelegentlich durch die Kontaktanzeigen in der Tageszeitung oder im Boulevardblättchenvorrat diverser Wartezimmer, stellt man mit Erstaunen fest, dass offensichtlich ausschließlich *Schnäppchen*-Singles auf dem Markt gehandelt werden. Eines haben jedenfalls alle verzweifelt Suchenden gemeinsam: Sie sind „nett" und „lustig" und erträumen sich einen ebenso „netten und humorvollen" Partner.

Nun ist dieses Attribut „nett" zweifellos Auslegungssache. Etwa so, als würde man vermelden, das eigene Auto sei „eigentlich ganz okay".

Ist die ihre Qualitäten offerierende Lady außer „nett" auch noch „natürlich" oder „bodenständig", kann man getrost von einer notorisch Ungeschminkten inklusive Orangenhaut plus Lockenwicklern, geblümtem Morgenrock und Badelatschen ausgehen.

Das „Herz auf dem rechten Fleck" lässt einen ausgeprägten Busen im 95 DDD-Format erhoffen und die „frauliche Figur" bietet wohl ausgeprägte Hüften auf stämmigen Oberschenkeln, gestützt von völlig überlasteten X-geformten Kniegelenken.

Ähnliches gilt, wenn der Zusatz „attraktiv" oder „blendende Erscheinung" fehlt. Auch bei dem Nachsatz „Meine Freundinnen sagen, ich würde doch hübsch aussehen" darf man getrost unterstellen, dass sich dieses lediglich auf das Gesichtchen bezieht. Der Unterbau wird bei der Selbstbewertung also tunlichst ausgeklammert.

„Sympathische" und „allem Schönen aufgeschlossene" Frauen kommen teuer zu stehen; sie lieben Urlaube in fernen Ländern, Pelze und Juwelen. Die „Gleichgesinnten" sind eher scharf wie Nachbars Lumpi und haben womöglich nächtens schon an einer dunklen Straßenecke gewartet.

Aber alle wünschen sich unisono einen „treuen und humorvollen" Partner, der „romantisch veranlagt" ist und „gerne kuschelt" – frei übersetzt: einen Alleinunterhalter ausschließlich im eigenen Bett, der sie vom Vibrator erlöst und dabei noch andauernd Witze erzählt.

Eine „Katzenliebhaberin" streichelt nur ihr streunendes Tier, verwöhnt es mit Kalbsleberli und Müller Milch 3,5 % Fett, während der Familienernährer mit einem Leberwurstbrot aus der Aldi-Aktionstheke abgespeist wird.

Die Betonung auf „treu" lässt vermuten, dass die Dame schon einmal in einem früheren Hafen abgetakelt wurde. Wird ein „ehrlicher" Mann gewünscht, darf dieser davon ausgehen, dass sein Vorgänger wohl nicht mutig genug war, die Wahrheit und nichts als die Wahrheit öffentlich zu äußern.

Vorsicht, wenn als Hobbys ausschließlich Kochen, Stricken, Wandern, Radfahren und Schwimmen angegeben werden. Diese Bewerberin sucht bestimmt schon länger (erfolglos). „Starke Raucherin" hat bestimmt keine Hand frei für andere Tätigkeiten in Haus und Garten wie Staubsaugen, Rasenmähen und dergleichen.

Lässt sich bereits nach der Geburt absehen, dass das Baby einmal „nett" wird, ist es ratsam, es von vornherein auf den Vornamen „An-nette" zu taufen.

Warnung an die Damenwelt vor „gutaussehenden" Herren, die „im Moment" eine feste Beziehung suchen und „für jeden Spaß zu haben" sind. Auch „gemeinsam durch dick und dünn zu gehen" sollte nicht allzu wörtlich genommen werden.

Sicher gibt es vereinzelt auch Individuen männlicher Gene, die um die Hüfte leichte „Bindegewebsschwächen" aufweisen. Aber wer hart arbeitet, dem sollte man nicht das Anrecht auf ein abendliches Bier absprechen. Jedoch Hände weg von solchen „anonymen Alkoholikern", die sich eh jedem mit vollem Namen vorstellen.

MUSTER-FORMULIERUNGEN
(Version „anspruchsvoll") für
Glückwünsche
zu allen Anlässen.
Es sind jeweils nur die entsprechenden Namen einzusetzen.

Zu deinem heutigen Wiegenfeste
wünschen dir Egbert, Gretchen, Salvatore und
Chiara nur das Allerbeste!

Liebe Mama Adelheid, schau nur genau hin,
heut´ stehst DU in der Zeitung drin!
Kaum zu glauben aber wahr,
deine Haut ist noch so schön wie bei einem Pfirsich
von sechzehn Jahr.

Silbern glänzt euer Ehejubiläum heute,
darum gratulieren euch bestimmt
auch ganz viele Leute.
Tausend Glocken mögen laut erklingen
und euch für die nächsten fünfundzwanzig Jahr´
Glück und Wohlstand bringen.

Wir verkünden die Geburt
von unsrem Enkel namens Kurt.
Oma, Opa, Onkel, Tanten
freun sich – und die Lieferanten.

Mausi-Jaqueline, was für ein Schreck,
denn bei dir ist heute der Dreier weg.
Vielleicht wirst du jetzt endlich auch mal gscheit,
wie dies üblich ist bei normalen Leut´!

Unser Kollege Oswald soll hoch heut leben,
drauf wollen wir am Abend alle kräftig einen heben.
Stell das Bier drum schon bereit,
wir klingeln dann bei dir zur rechten Zeit.
Wir bringen mit `nen großen Durst,
dazu ein paar Dosen Original Pfälzer Leberwurst.
Jetzt wollen wir nur noch darauf hoffen,
dass wir dann morgen sind alle Mann total
besoffen.
Deine Kollegen von der Frühschicht

Zwanzig Jahr bist du heut worden,
es gibt nicht viel von deiner Sorten.
Drum liebt dich heiß dein wilder Schatz.
Die Nacht vor vier Wochen war übrigens
nicht für die Katz.
In guter Hoffnung Annuschka

Lieber Ansgar,
ich freue mich über deine Scheidung sehr,
komm doch einfach mal abends zu mir her.
Ich bring dich ganz bestimmt
schnell wieder zum Lachen,
nachdem du befreit bist von deinem Ehe-Drachen.
Es küsst dich schon mal deine heiße Muschi-Maus
Liebe Margret, mach es gut,
auch wenn es heut `nen Schnapper tut.
Nimm es nicht tragisch, steh deine Frau.
So alt wie du wird keine Sau!

Dies wünscht dir dein liebhabender Willfried

Willst du kaufen, mieten, sterben,
musst du in der Zeitung werben.
Suchst du Auto, Urlaub, Frau,
erfährt es jeder nun genau.

Höherer Beamter
s u c h t
Nebentätigkeit. Gerne auch ganztags!
Chiffre: HB-Mini/8-16

Ab sofort keine lästigen und störenden Hosenträger mehr!!!
Dr. A. Bauch´s Hüft-Band hält jede Hose ohne
Atembeschwerden, Harndruck, Darmsausen,
Ohnmachtsanfälle, Stimmungsschwankungen und
Potenzprobleme fest und sicher.
Preis je Stück 27,99 €, im Dreierpack 69,33 €.
Kein Discount-Verkauf! Nur im Direkt-Versand!

Gelegenheit!
Wegen Ablebens meines geliebten Papageis
verkaufe ich mein Klavier.
Bei Maria Pfeif, Mozartstr. 2

Ab Wagen!
Jeweils donnerstags von 9 bis 10 Uhr
Friedhofweg 81
Feinste Fleisch- und Wurstwaren
Von Elmar Spaten, Totengräber

Partner gesucht...

Betreffs, Kontacktanzeige
„Jung gebliebener Entzwanziger, beßtens
erhaltener und gepflegter ER, sehr intellent
und auf hohem Nivoh (Hobbihs: Akwarell-
Mahlen, Schi, Teniss, Teater, Reißen), wünscht
für disskretes Ferhäldnis ebensolche nette und
intellente SIE – gerne Ackademikerin – auf diesem
Weghe kennen zu lernen. Angeboote unter Chivre
OH-Ernst-August-218

**Rüstige Rentnerin (87, R+T), mit AOK-Oberkiefer-
prothese sucht die Bekanntschaft eines vitalen,
gut situierten und gebildeten Herrn von zirka
82 Jahren (Pensionär ab Oberregierungsrat an-
genehm) mit intakter, hochwertiger Unterkiefer-
prothese zum gemeinsamen *Dinner bei Kerzen-
schein*. Zuschriften bitte mit aussagefähiger Ab-
bildung der Prothese.**

Nie mehr allein,
während dein Mann Fußball guckt!
Ich, bestens ausgestatteter Boy
(28 J. 1,83/22/5) besuche DICH **diskret.**
0285745-9756478 frage nach Oezcan

Zittern

Sie nicht länger bei Schreiben an das
Finanzamt oder Ihre heimliche Geliebte.
Ihr Leiden wird rasch und dauerhaft
geheilt durch meine
„ Exclusiv Anti-Zitter-Salbe"
zum Selbstkostenpreis von 18,95 €
zuzügl. Porto.
Diskreter Versand im neutralen Päckchen.
Zahlreiche Referenzen bekannter
Persönlichkeiten (Politiker, Manager, Banker,
Medienstars usw.).
Vollständige Namensliste kann auf Wunsch
und gegen einen Unkostenbeitrag von 31,45 €
übersandt werden. Bitte Vorkasse!
Edgar R.W. Zipperlein, Hamburg,
Jungfraugasse 3

Stars & Sternchen

Ob im Playboy oder „fern"
sieht man nackte Mädels gern.

Schauspiel und Gesang studieren,
hieße nur viel Zeit verlieren.

Sein Markenzeichen *Pferdeschwanz*
verleihet seinem Outfit Glanz.
Um Casting-Show mit Heidi Klum
drücket er sich smart herum.
Die *Frau des Jahres* weigert sich,
ihm zu gehorchen mütterlich,
was Hosenanzug anbelangt,
der Eleganz von ihr verlangt.

Pompöös Design

Er ist zwar noch
kein Lagerfeld,
doch macht auch er
mit Mode Geld.
Nur als Model
schätzt er Dame:
Harald Glööckler
ist sein Naaaame.

Is ja echt voll die Scheiße hier, ey!

Mal ganz ehrlich: Wie müssen sich echte, richtig gute deutsche Schauspieler - allzu viele scheint es leider nicht mehr zu geben - fühlen, wenn sie mitbekommen, wie an einen gewissen Tilmann Valentin Schweiger in schöner Regelmäßigkeit Fernsehbambis und ähnliche Ehrungstiere verliehen werden?

Zugegeben, nuscheln kann er wie kein Zweiter. Nur Hans Moser übertraf ihn noch um einige Nummern. Und grimmig dreinschauen ebenfalls wie kein Zweiter kann er, wenn er gerade erfährt, dass „sein" Tatort auf einen späteren Zeitpunkt verschoben wird. Oder wenn seine neueste sinnvoll-tumbe Krimi-Mission (Hamburger Abendblatt) „Der große Schmerz" bei den Einschaltquoten fast vom „Bergdoktor" eingeholt wurde. Und dann auch noch - großer Schmerz lass nach! - ihm 37,5 % der Fernsehzeitschriftenleser eine glatte Sechs im Zeugnis geben.

Vielleicht hätte er doch seinen eigenen Vorschlag aufgreifen und anstelle des ballernden Nick Tschiller lieber ein Testbild senden lassen sollen?

Immerhin sprang Jelena Petrowna Fischer (das ist diese stets atemlose, blonde und allüberall präsente Schlagernde) in die Bresche und verkündete in ihrem Filmdebüt als diesmal brünett perückte Auftragskillerin in verschwindend wenigen aussagekräftigen Worten, dass sie nach Deutschland

verschleppt wurde. Nämlich zum F...... Oder sowas. Wer hätte das der lieben, braven Helene zu-
getraut. Und der nette Til setzt noch einen drauf,
indem er schwärmt „Die Pistole hat sie bedient,
als wäre sie damit zur Welt gekommen." Na, ist
doch logo, wenn man aus Sibirien stammt...

Schweiger wäre nicht Schweiger, würde er nicht
überschwänglich bei Facebook sogar einen Ver-
ehrerbrief an seinen Regisseur adressieren, dieser
habe „ein Stück Fernsehgeschichte geschaffen".

Verneigt man sich ehrfurchtsvoll vor T.V. Schwei-
gers Biographie, wird so manches klarer:

Bundeswehrgrundausbildung - abgebrochen
Diverse Studien - abgebrochen
Etliche Beziehungen – abgebrochen
Flüchtlingsheim - abgebrochen

Immerhin begann er seine künstlerische Karrie-
re als Synchronsprecher für Pornofilme!!! Dabei
hatte man doch bisher immer vermutet, in derlei
Werken würde eher gestöhnt als genuschelt...

Und da erdreistet sich doch tatsächlich dieser
Mario (Adorf), einen Korb zu geben, als Til ihm in
einem seiner Filme eine tragende Rolle anbieten
möchte. Was bildet der sich eigentlich ein? Na ja,
dafür ist ja nun Didi Hallervorden eingesprungen
(inzwischen nachweislich mit Honig im Kopf).

Aus der humanitären Not geboren wollte Tilmann Valentin Schweiger im Vorjahr - weil er ein

durch und durch wahrhaft gutedler Mensch ist - ja auch ein Flüchtlingsheim bauen und er gründete sogar eine eigene Stiftung, die man gerne als förderndes = zahlendes Mitglied unterstützen kann.

Spenden also endlich auch Sie für die „Til Schweiger Foundation" oder wollen Sie etwa stattdessen zu diesem „empathielosen Pack" (Zitat bei Facebook) zählen?

Nun darf der geneigte Leser raten, wer für solch willkommen heißende Taten wohl in absehbarer Zeit irgendeine Ehrenmedaille überreicht haben möchte? Richtig!

Außerdem habe er, Schweiger, viel mehr Ahnung von Filmkunst als die meisten Trottel, die darüber schrieben. Denn: Wo Schweiger draufsteht, ist auch Schweiger drin! Ballern, Prügeln, Nuscheln = aus Tatort wird Tilort. Narhalla-Marsch!

Immerhin sei er nun „off duty". Immer diese leeren Versprechungen...

Absolut empfehlenswert auch die topaktuellen Sprachführer „Nuscheln für Anfänger" und „Nuscheln für Fortgeschrittene".

Angeblich ist man auch bereits auf der Suche nach einem geeigneten Synchronsprecher für seine Kino- und Fernsehschlager. Ich würde unbedingt Ottfried Fischer oder Günther Oettinger in die engere Wahl nehmen.

Wer wundert sich nun noch ernsthaft, dass unser Land ob seines erschreckend niveaulosen Massengeschmacks (DSDS, Dschungelcamp, GNTM,

Die Geissens und dergleichen) ganz allmählich - aber unter Garantie - verblödet? (siehe auch Michael Jürgs „Seichtgebiete").

Ich schlage jedenfalls vor, für Unterhaltung made in Germany ein neues Gütesiegel „extra naiv" einzuführen, ohne dadurch etwa die Bezeichnung für erstklassiges Olivenöl „extra nativ" abwerten zu wollen.

„Junggesellen leben
nach dem Motto:
Lieber zwei Ringe
unter den Augen als
einen am Finger."

„Ich fühle mich immer noch
wie ein Junge. Ich glaube an die
Theorie, dass jeder mit einem
bestimmten Alter auf die Welt
kommt und dieses Alter *)
behält."

*) Vorschlag des Autors: 5 Jahre!

Wie aus geheimsten Quellen sickerte, könnte es bald ein neues Senderprofil bei RTL geben:

„Germany´s highest Under-IQ Schlechte Zeiten"

Die fachkundige Jury soll prominent besetzt sein:

Heidi-Lorchen Klump
Tilman Nuschl
Boris Bumms
Uschi Humpen
Dieter Brett
Inka Brause-Bauersuch

Vor der wöchentlich vierstündigen Quiz-Sendung zur besten Sendezeit werden den Kandidaten sowie den Jurymitgliedern sowohl jeweils die Fragen als auch die exakten Antworten ausgehändigt. Dem glücklichen Gewinner winkt ein Date mit Dolly Buster.

Enorme Einschaltquoten verspricht auch ein weiterer Renner am Privat- Fernblick-Himmel: „Grauer Star – Grüner Star – Star Wars".

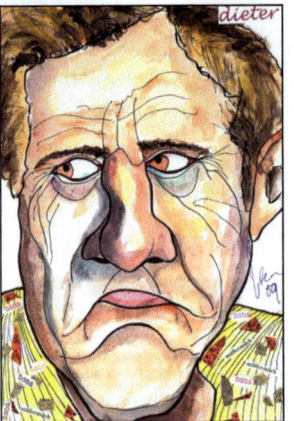

Zitate

Karl Dall
Man wird alt, wenn die Leute anfangen zu sagen, dass man jung aussieht.

Udo Lindenberg
Realität ist nur eine Illusion, die sich durch Mangel an Alkohol einstellt.

Harald Schmidt
Wenn die Frau abends müde von der Arbeit nach Hause kommt, sollte man sie wenigstens in Ruhe putzen lassen.

Dieter Bohlen
Diese Rammelgeräusche von meinem Lieblingshasen, die sind rhythmischer als dein Gitarrespiel.

Jürgen von der Lippe
Das deutsche Fernsehprogramm ist das Beste der Welt. Gäbe es sonst die vielen Wiederholungen?

Daniela Katzenberger
Ich werde nie einen Intelligenztest machen, so schlau bin ich auch.

Didi Hallervorden
Manche Politiker muss man behandeln wie rohe Eier. Und wie behandelt man rohe Eier? Man haut sie in die Pfanne.

Heinz Becker
Im Lewa ned ham wia ka Krisbamspitz.
Im Lewa ned!
Joh geh fodd!
Isch sahn`s nur!
Hopp mach!
Ajoh!

Medi-zynisch

Des Apothekers und des Arztes Dank
gilt jedem Bürger, falls er krank.

Am meisten schätzt man eine Rasse:
Privatpatienten Erster Klasse.

Gesundheitsreform

Ärztliches telefonisches Beratungsgespräch am 6. Mai 2016, 7.09 Uhr (Sommerzeit) mit Privatpatientin (Abrechnungssatz 3,5 bei Landwirtschaftlicher Alterskasse) zwischen Dr. Paul-Melchior Rossnagel, Hausarzt und Spezialist für Innereien, Geburtshilfe sowie Tiermedizin in Amperweihing, Ortsteil Klismaning und Frau Brandner, Genoveva geborene Mostprügel:

„Grüß Sie Gott, Herr Doktor! Sie müssen mir unbedingt gleich helfen. Ich hab nämlich wieder so ein fürchterliches Reißen am rechten Ellbogen, das ist bestimmt wieder der Ischias. Ich musste nämlich gestern sämtliche Kühe melken, weil mein Alter, der Brandner Sepp, so stockbesoffen aus der „Güldenen Gamsl" nach Haus kam, dass er sich im Stall an die Melkmaschine angeschlossen hat, bis diese vor lauter Überlastung einen Kurzen bekam. Und weil ich dann das ganze Viehzeug von Hand melken musste, hab ich jetzt das Reißen. Außerdem plagt mich seit Neuestem eine Osternperose. Ich hör den Kalk schon richtig in den Knochen rieseln. Sie müssten mir auch gleich wieder ein Rezept zum Einreiben aufschreiben, damit ich das Wasser besser halten kann, wenn ich bei der Sonntagsmess husten muss. Meinen Sie, dass mich vielleicht auch eine Kreuzfahrt nach Lourdes kurieren kann? Meine Freundin, die Gstenner Marie vom Kirchengesang hat eine solche Fahrt gemacht und sie hat mir erzählt, dass sie auf dem Kahn in jede Kammer reingeschaut hat, aber nirgends nicht ein Kreuz gesehen hat. Dafür seien aber alle Mitfahrer evakuiert worden, weil der Moser Bastian seine Pfeifn in ein Lüftungsrohr ausgeklopft hat, was er hätte nie nicht machen dürfen. Überhaupt wegen dem Urlaub. Unser Herr Hochwürden hat ja beim letzten Frauen-Vesper vielleicht Sachen erzählt von seiner Missionsdienstfahrt auf die Kleinen Antilopen. Da solls ja zugehen wie bei Sodom und Gonorrhoe. Da rennens die Weiberleut nackert unter ihren Baströcken umher. Und er hat auch gesagt, selbst bei eingehender Überprüfung jeden Deliktus hätte er keine großen Unterschiede feststellen können zwischen uns Katholikern und diesen Wilden. Und manche von den Weibern seien ja auch total ungläubig, indem dass sie solche Wudu-Puppen ins Gasthaus schicken täten, damit die Gäste aus dem gläubigen Bayern das Reißen kriegen. Oder aber die Mannsleute nie nicht mehr können…. Sie wissen schon was. Bei meinem Alten ist es ja schon lang nimmer so wie früher, als er noch in die Magdkammer reingestolpert ist. Wenn Sie also zufällig noch so eine Packung Fiackra rumliegen hätten, packens Sie´s einfach dazu, ich misch es dann zu seiner Buttermilch. Und auch zehn Tabletten von dem Peniszillin, weil es ihn doch immer so arg am Gehänge juckt. Sie sagen ja gar nix, Herr Doktor, wo ich doch so das Reißen hab, dass ich kaum mehr die Beine über den Kopf bekomm. Ich könnt mich vielleicht auch mal mit diesen Nadeln aus China stechen lassen. Vielleicht kann ich das sogar selber machen. Ich hab bestimmt in der Küchenlade noch ein paar alte, rostige rumliegen. Oder ich kann auch Sicherheitsnadeln nehmen, wenn ich bei der Mess husten muss. Gegen meine Altersdiarr... jetzt hab ichs vergessen, wie das auf Italienisch heißt. Auf jeden Fall gegen meine Scheißerei müssten Sie mir auch was Neues probieren. Sie hatten mir doch doktriniert, dass ich einfach Kohle essen soll. Aber nach zwei Briketts und drei Eierkohlen gings mir immer noch genauso beschissen wie vorher. Nur mein Schlüpfer waren anschließend immer schwarz. Ich hab ja deswegen auch schon in Berlin bei dem Minister angerufen, der wo so aussieht wie der Gert Fröbe, aber der hat mir nichts gewusst. Er hat nur gesagt, dass er manchmal auch das Problem hätt, wenn er bei der Merkel zum Rabbort vorreiten müsste. Die Zäpfchen gegen mein Ohrleiden haben auch nicht gewirkt. Zuerst hatte ich sie ja direkt in die Ohrn gesteckt, dann habe ich sie langsam gelutscht. Ja, Heiliger Sebastian, was hätt ich denn tun sollen? Hätt ich sie vielleicht in den Hintern stecken sollen? Jetzt derblecken mich auch schon die Nachbarn vom Hinterleitner-Hof und die Afra vom Liliputaner-Gestüt. Als ich nämlich dem Huber Pankraz gesteckt hab, dass ich Plattfüße hab, hat dieser Haderlump gesagt, ich soll doch einfach die Luftpumpn nehmen und sie aufpumpen. Das hab ich aber nicht gemacht, ich bin doch net deppert. Ach, Herr Doktor, am schönsten ist es, wenn Sie mich am ganzen Leib mit Ihrem Steptostock ablauschen und mir dabei auf meine Lebern drücken. Und wie Sie mit dem Ullaschall über meine Gedärme g`fahrn sind und auch die im Eck verhockten Fürz colarisiert haben. Das Beste aber war der Einlauf. Sie haben mir aber in die Hand versprochen, dass wir beim nächsten Mal eine andere Seife dafür nehmen – vielleicht Uralt Lavendel? Da duftet man dann auch innerlich so gut. Den Kamillentee gegen mein Herzrasen täten Sie mir auch wieder aufschreiben. Überhaupt die alten Hausmittel. Vielleicht sollte ich zwischendurch auch noch zum Augengucker gehen. Der macht alles mit Natur. Als ich am Samstag auf der Wiesn zehn Maß gestemmt hab und mir dann die drei Hendl auf die Galle drückten, hab ich als Naturheilmittel noch zehn Schnäpse hinterher geschüttet und mich dann ohne Probleme in der letzten Straßenbahn von allem wieder befreit. Danach gings mir sofort wieder gut. Wegen der Natur. Zu was brauchen wir also eine sauteure Gesundheitsreform, was der immer sagt, der wo aussieht wie der Fröbe? Und Sie schreiben mir jetzt einfach meine Rezeptliste aus und ich bring Ihnen dann übers Wochenend zwanzig Eier, und eine Speckseiten und ein Kopffleisch vorbei, vor allem wegen meinem Reißen und wegen meinem Bandscheibenverfall am Knie. Ach ja, und für die

Augen bräuchte ich auch wieder Tropfen, damit ich auf der Sonntagsmess nicht wieder das falsche Lied aus dem Gotteslob sopranier.

Behüt Sie Gott, Herr Doktor. Sie hätten mich gern zwischendurch beraten können. So muss ich wieder alles selbst an mir ausprobieren. Bleibens halt allweil gsund und grüßen Sie Ihre Haushälterin schön von mir. Die Kaltenhuber Rosa war ja schon im Kindergarten bei den Burschen läufig. Macht sie Ihnen auch schöne Augen? Lassen Sie nur die Finger von ihrem ausgeschamten Leib, sonst müssten Sie ja womöglich bei Ihnen selbst beichten.

Kruzifix, jetzt geht mir das viele Reden schon wieder auf den Darm. Verzeihen Sie, Herr Doktor, aber ich muss dringend s`Häusel aufsuchen. Und schreiben Sie ganz schnell die Rezepte aus. Verdammte Sch.......

Psycho-Terror

Ein Mann, der andauernd unkontrolliert in die Hose nässte, suchte einen Psychologen auf. Nach mehrmonatiger Therapie hatte sich sein Leiden zwar noch nicht gebessert, aber inzwischen ist er stolz darauf.

Böses Erwachen

Als er nach seinem schweren Unfall endlich aus tiefer Ohnmacht erwachte, erkannte er undeutlich den ihm näher bekannten Facharzt Dr. Hans-Otto Müller-Klemmer. Spätestens jetzt setzte sich in seinem Bewusstsein fest, dass er in höchster Lebensgefahr schwebte.

Erstuntersuchung beim Hausarzt

„Also Frau Ripp-Bruch, Sie klagen über Schmerzen im unteren Rücken, stets kalte Füße und Gallensteine. Wie alt sind Sie denn?"
„Dreiundvierzig, Herr Doktor."
„Dann käme allerdings auch noch starker Gedächtnisschwund hinzu, Frau Ripp-Bruch", spottet der Arzt.

Hausarzt-Modell

Keiner von uns lange lebt
ohne ärztliches Rezept:
Rote Pillen gegen Gicht,
Salbe gegen Sonnenlicht.

„Und wenn Sie mir vielleicht noch hätten
gegen Halsweh Lutschtabletten?"
Akut-Creme schützt vor Hämorrhoiden,
Schmerz-Gel hilft bei Wadentritten.

Gegen Husten schluck man Tropfen,
welche aber stark verstopfen.
Dafür braucht man Abführmittel,
mehrmals täglich je ein Drittel.

Noch ein Zäpfchen gegen Frust.
Herpes stiehlt zum Sex die Lust.
Isst man zu wenig Obst, Salat,
dann hilft ein Aufbaupräparat.

Dass man nicht wirke krank und alt,
kneippt man täglich heiß und kalt.
Vitamine, Eisen, Jod,
schützen gar vor jähem Tod.

Penicillin schluckt man viel lieber
gegen Schnupfen, hohes Fieber.
Zum Doktor „HNO" man muss,
pfeift es im Ohr bei Tinitus.

Spülung für die schwache Blase,
Tee befreit Darm vom Gase.
Raupt Depression den tiefen Schlaf,
bewährter Tipp: Zähl` tausend Schaf!

Kurse dank Ihrer gesunden Kasse

Mancher tut sich gern beweisen
beim Stoßen und beim Hantelreißen.
Doch ganz besonders gern tritt jeder
ins Pedal beim Ergometer.

Mir hat´s das Judo angetan,
wobei man locker legen kann
die hübschen Mädels auf die Matte,
auf die man hat schon lang `ne Latte.

Wer mit einem grippalen Infekt in eine voll besetzte Straßenbahn steigt, sollte wissen, dass er als Träger biologischer Waffen zum Aussteigen aufgefordert werden kann.

Man sollte einen schweren Bandscheibenvorfall nicht auf die leichte Schulter nehmen.

Manch Kranker, der einen Arzt aufsuchte, hat wesentlich zu dessen Gesundung beigetragen.

Einen Chirurgen erkennt man schon daran, dass er seine Pizza mit Gummihandschuhen, Skalpell und Klammer isst.

Es ist für Pathologen ein Leichtes, männliche und weibliche Totenköpfe zu unterscheiden: Anhand des ausgeleierten Unterkiefers.

Telegramm: „Onkel Adelbert leicht erkrankt. Beerdigung Donnerstag!"

Gesundheits-Wahn

Für *Wellness* wirbt man allerorten.
Spa heißt heut das Modewort.
Tanzmusik auf den Aborten:
Reha wird zum Wohlfühl-Hort.

Aloe Vera ins Gesicht,
damit man sieht die Falten nicht.
Krampfadern werden wegmassiert,
Stärkungsmittel bar kassiert.
Joghurtdrinks und Vollkornbrot
verzögern um Jahrzehnte Tod.

Nie Parkinson und nie Demenz,
geschweige denn Inkontinenz.
Saunieren bis um Mitternacht,
solange Kreislauf nicht versacht.

Nackig baden, bunt gemischt,
danach ein Öko-Pils gezischt.
Kurzum: Es boomt die Wellness-Welle.
Gönn dir Gesundheit – auf die Schnelle!

Ottokar Wasserdicht geht zum Urologen zur Vorsorgeuntersuchung.

Fragt ihn der Arzt: „Und, wie klappt's mit dem Pinkeln?"

Ottokar: „Wie bitte?"

Arzt: „Ob Sie richtig pinkeln können?"

Ottokar: „Was?"

Dem Arzt wird es zu bunt; er geht auf die andere Seite des Sprechzimmers, hält eine „Ente" hoch und zeigt auf die Öffnung.

Ottokar: „Na klar, funktioniert alles. Aber bitte nicht auf diese Entfernung!"

Heinz-Otto Lebesam wurde auf dem Weg zum Zigarettenautomaten von einer Straßenwalze überrollt. Seine Gattin will ihn im Krankenhaus besuchen und fragt an der Pforte: „Entschuldigung Schwester, können Sie mir bitte sagen, auf welchem Zimmer der Patient liegt, der gestern von einer Straßenwalze überfahren wurde?"

„Ach der! Ja, gehen Sie bitte auf Zimmer 21 bis 24."

Alma Strumpfloch begegnet bei Aldi ihrem Hausarzt. „Herr Doktor, ein Unglück! Mein Mann ist gestern ganz überraschend gestorben."

„So, was fehlte ihm denn?" fragt mitfühlend der Arzt. „Hat er womöglich stark geschwitzt?"

„In der Tat, Herr Doktor. Der Franz hat ganz furchtbar geschwitzt."

„Das ist gut, Frau Strumpfloch. Schwitzen ist nämlich sehr gesund!"

Muster für eine korrekte Telefon-Ansage:

„Hier Privatklinik Altenberg, Professor Dr. med. Dr. h.c. Machtnix, Professor Dr. habil. Gutekunst, Oberarzt Hans-Waldemar Kaiser-Schnitt, Stationsarzt Dr. Mustafa Ben Sulah Abu El Ganara. Privatstation C 18. Sie sprechen mit Clara-Janine Ober-Schenkel. Guten Morgen, was kann ich bitte für Sie tun? Bitte fassen Sie sich kurz!"

Benedikt Huberschön hatte einen schweren Traktorunfall und kam ins Krankenhaus. Die hübsche blonde Oberschwester auf der Station hatte bisher als Stewardess bei der Lufthansa gearbeitet. „Welcome back Herr Huberschön aus der Vollnarkose. Ich heiße Sie im Namen der Klinik Halbrechts der Donau und von Chefarzt Dr. Haxen-Schneider sowie des gesamten Personals auf Zimmer 14A der Unfallstation herzlich willkommen. Behalten Sie bitte den Platz in Ihrem Fenster-Bett so lange bei, bis das grüne Aufsteh-Zeichen am Fußende erlischt. Den Kopfkeil stelle ich Ihnen schon mal etwas steiler. Im Notfall drücken Sie bitte den roten Knopf am Nachtschränkchen; gleichzeitig fällt dort auch schon die Infusionsflasche heraus. Beim Anschluss bin ich Ihnen gerne behilflich. Das Mittagessen können Sie hier aus dem Menüplan aussuchen. Sagen Sie mir dann einfach, ob ich Ihnen den lauwarmen Salami-Snack oder ein Käse-Sandwich bringen darf. An Getränken kann ich Ihnen nikotinfreien Kaffee, Grünen Tee oder Tomatensaft anbieten. Während Ihres Aufenthaltes in unserem Hause herrscht überall strenges Rauchverbot; Handy, Smartphone und Notebook dürfen Sie benutzen. Und nun wünsche ich Ihnen einen angenehmen Aufenthalt in unserer Klinik und eine gute Genesung.

Poli-tick

Was einst der Kunst war vorbehalten,
versucht man nun auch zu gestalten

bei Politik und ähnlich Sachen:
Koalition nach Farben machen.

Soli sei Dank!

Der Begriff stammt wie jeder Gebildete weiß ursprünglich aus dem Lateinischen. Ein Soli kann - je nach Auslegung - helle Begeisterung oder blinde Wut hervorrufen.

Beispiele:

Soli-de
Tanz-Soli
Soli-darität
Soli-tär
Soli-loquium
Bläser-Soli
Soli-Abgabe Ost
Soli-man
Willkommens-Soli
Soli-ngen
Soli-tüde
Integrations-Soli

Adieu Tristesse!

Ach, wie trist wär unsre Welt,
gäb´ es nicht die Mär vom Geld
für Flüchtling, Griechen, DFB
und über Diesel von VW.

Die Journaille hätte es schwer,
selbst die **Bild** blieb blass und leer.
Auf den Kanälen herrschte Flaute,
wär da nicht die **Frau mit Raute**.

*Philipp Rösler über Angela Merkel in einem bayerischen
Bierzelt: „Merkel gibt es jetzt auch als Barbiepuppe
für 300 Euro. Das heißt, die Puppe kostet nur 20 Euro.
Richtig teuer werden die 40 Hosenanzüge."*

Wer zu uns kommt,
muss mindestens ein Dach
über dem Kopf haben

Und so suchen die Landkreise und Kommunen mit Händen und Füßen ringend nach festen, geduschten und WCten Wohnplätzen für unsere Besucher aus Syrien, Afghanistan, dem Irak, aus Algerien, Marokko, Tunesien und, und, und....

Wen wundert es, dass man dabei auf die absonderlichsten Ideen verfällt? Natürlich sind Turnhallen für den ehemals Schul- und Vereinssport erste Wahl. Mittels Trennwänden aus Spanplatten und zusätzlichen Nasszellen lassen sich in kürzester Zeit relativ komfortable Übergangslösungen schaffen. In manchen Fällen geht man sogar dazu über, die hier vorübergehend Sesshaften durch einen Zaun von Sportwilligen zu trennen.

Als besonders lobend hervorzuheben ist die Absicht, in Schwesternwohnheimen in direkter Nähe zur Klinik oder Krankenpflegeschulen jugendliche, kraftstrotzende Asylbewerber einzuquartieren. Der Zustand der Appartements wird von leitender Stelle so beschrieben: „Ich möchte da nicht wohnen!" Darf man das etwa so kommentieren, dass diese Wohnplätze für die bisher hier untergebrachten Schwestern absolut ausreichend waren, jedoch dem Standard für

Asylanten nicht standhalten? Ganz zu schweigen vom Brandschutz, der erst auf den neuesten Stand zu bringen ist?

Ich kann mich noch dunkel daran erinnern, dass in meiner Kindheit auch Millionen von Flüchtlingen und Vertriebenen aus den ehemals deutschen Ostgebieten zu uns kamen. Nicht alle wurden auf das herzlichste willkommen geheißen.

Obwohl sie allesamt deutsch sprachen (und dachten), evangelisch oder katholisch beteten und Frauen als solche achteten. Wer es besonders gut traf, kam beim Bauern unter. Denn dort war meist für eine Unterkunft und für eine warme Suppe gesorgt – falls man bereit war, dafür zu arbeiten. Zimmer mit Zentralheizung? Fehlanzeige. Holzofen. Dusche? Fehlanzeige. Gießkanne. WC? Fehlanzeige. Plumpsklo über den Hof.

Aber sie waren glücklich und zufrieden, Leib und Leben gerettet zu haben. Noch Fragen?

Wir alle sind Angie

Wollen endlich auch Sie zum *Gutmenschen erster Ordnung* (GM1) mutieren? Dann spenden Sie! Denn gegen das Helfersyndrom ist bis dato kein Kraut gewachsen.

Gesucht werden dringend Böller, Playboy-Hefte, Achselsprays, Adidas- und Nike-Outdoor-Sportschuhe mit Geleinlagesohlen Gr. 39, Golfschläger, Küchenmesser aller Art, E-Bikes, Smartphones und Digitalkameras (ab 30-fachem Zoom) sowie Jack Wolfskin-Jacken (kleine Größen, neuwertig), Damenbinden, Kondome (wenig gebraucht). Abzugeben montags 11.00 bis 11.30 Uhr bei der „Willkommens-Kultur-Sammelstelle und Asyl-Versorgungs-Anstalt" in der Moscheegasse 13 b.

Abgestuft nach dem Wert der Spenden werden Anstecknadeln in Bronce, Silber und Gold durch die Migrationsbeauftragten der Länder im Rahmen einer ergreifenden Feier unter Mitwirkung der christlichen Kirchen, Wahlkreis-Bundestagsabgeordneten, des Radio-Symphonieorchesters sowie des Regional-Fernsehens verliehen.

Im Gegenzug dürfen Asylbewerber mit nachweislich einwandfreiem Leumund (nachzuweisen durch amtliches Führungszeugnis) und provisorischen Ausweispapieren einen Button mit der Aufschrift „Isch bin praf Flüchdling!" tragen. Dieser kann bei jeder Toto- und Lottoannahmestelle sowie an Tankstellen und in Kebab-Häusern für 1,99 Euro pro Stück erworben werden.

Striktes Verbot kränkender oder unwürdiger Titulierungen

Gemäß § 37 Abs. 15 Satz 9 der 3. Verordnung zur Bekämpfung von Diskriminierung (VOBD) wird ab sofort der Gebrauch folgender Bezeichnungen unter Strafandrohung strengstens untersagt:

Zigeuner

Vom Verbot betroffen sind demzufolge auch Zigeunerschnitzel, Zigeunerinsel, Zigeunerlager, Zigeunermusik und vor allem der Tango „Du schwarzer Zigeuner". Alternativ können stattdessen z.B. Sinti- oder Romaschnitzel formuliert werden.

Neger

Neger-Kuss, Neger-Jazz, einen Neger abseilen, 10 kleine Negerlein, Neger, Neger, Schornsteinfeger, Schwarzwurzel, Mohrenkopf, Schwarzwild, Schwarzarbeit, „Brauner" (österr. Kaffeegetränk), Schwarzbrot. Erlaubt sind jedoch Schwarzwald, Schwarzes Meer und „Schwarzbraun ist die Haselnuss" als deutsches Liedgut.

Itaker, Spaghettifresser, Paparazzi, Olivenpresser, Espresso-Seicher, Kanack, Knoblauchfurzer, Dönerstreichler, Teppichdüser, Tempelstützer, Sirtaki-Schmalzer, Ouzo-Verdunster, Gianis-Grinser, Kakteenkacker, Kameldungbrikettformer, Hyänenzüchter, aber auch Süßwasserpirat, Ba-

nanenbieger, Gebissjäger, Seerosengießer, Windschattenfahrer, Gesichtsältester, Glatzenföhner, Querschwimmer.

Manche Kommunen und Einrichtungen prüfen derzeit, bestimmten Bevölkerungsschichten den Zutritt zu ihrer Anlage verwehren. So sollen in manchen Hallenbädern, Zahnarztpraxen und Discos Flüchtlinge und Indianer samt Pferden abgewiesen worden sein. Eskimos wurden in Eisdielen nicht bedient, in Chinalokalen wurden Nichtasiaten ausschließlich mit Reis abgespeist und mancherorts wurden gar Bürgermeister, Abgeordnete sowie Gewerkschaftsfunktionäre am Einlass zu Edelbordellen brüskiert.

Auf Karnevalveranstaltungen sollen angeblich Narren in Merkel-, Seehofer-, Gabriel-, Schäuble- oder Wolfmasken wegen Überschreitens der Obergrenzen ausgegrenzt worden sein. Solcherlei Diskriminierungen ist in unserem Rechtsstaat auf das Schärfste entgegenzutreten. Es kann also nicht länger angehen, zum Beispiel einer 93-jährigen strenggläubigen Katholikin im Super-Mini den Zutritt in einen Sauna-Club zu verwehren, nur weil sie bayerischen Akzent spricht. Vorläufig werden solche Verfehlungen mit einem Bußgeld von zehn Euro belegt. Entsprechende gesetzliche Regelungen werden bereits beim Bundesjustizministerium als Beschlussvorlage an den Bundestag ausgearbeitet. Mit einem Inkrafttreten ist voraussichtlich noch im Laufe des Jahres 2018 zu rechnen.

Das ist doch der Gipfel!*)

Erreicht ´ne Frau den *Höhepunkt,*
fühlt sie in Wollust sich getunkt.
Doch eilt zum Gipfel Politik,
bewirkt dies keinen geilen ...Klick.

*) Beinhaltet Gesprächsrunde, Runder Tisch, Lastminute-
Gipfel, Routine-Gipfel, Spitzentreffen, Notfallgipfel, AO
(außerordentlicher) Gipfel, Minister-Gipfel, EU-Gipfel,
Energie-Gipfel, Atomausstiegs-Gipfel, Klimawandel-Gipfel,
Schweinefleisch-Gipfel, Milcherzeuger-Gipfel usw. usw. usw.

Deshalb: Autofahrer aufgepasst!
Überfahrt nicht die *Wähler,*
wartet auf die *Politiker!*

Wir schaffen das!

Oder vielleicht inzwischen doch besser: „**IHR** müsst das schaffen? Denn ihr seid ein starkes, reiches Volk, ihr seid Deutschland und ihr habt uns Politiker schließlich *ausgewählt*. <u>Und das sollt ihr jetzt endlich büßen</u>!"

Womit haben wir sündigen Bürger solchen Großmut verdient? Erst den Tsipras mit seinem Dauergrinser Varoufakis, dann der *ausgepuffte* VW-Konzern, nun auch noch DFB und Fifa, die ein Eigentor nach dem anderen schießen und jetzt als Zugabe das Thema mit Langzeitwirkung: Die Völkerwanderung Richtung Germany, weil man (viele behaupten gar, es wäre die Kanzlerin gewesen, was jedoch eine Legende sei, beschwört die CDU-Führung) per unaufdringlicher Werbung bevorzugt wehrhafte und sexuell leistungsfähige (Wirtschafts-) Flüchtlinge - also so genannte Fachkräfte - ins gemachte Bett inklusive Eigenhäuschen und Cannabis-Pflanzbeet einlud. Und wenn sich gelegentlich ein paar wenige christliche Abtrünnige zusammenraffen, die in einem Offenen Brief ihren Unmut äußern oder der Seehofer Horst und der Stoiber Edmund Begrenzungsvorschläge unterbreiten, dann kommt Volker Kauder, der Fraktions-Ordner, und faltet sie aber sowas von zusammen.

Denn wir - das Volk - schaffen alles ganz bestimmt: Wohnungsknappheit, steigende Arbeitslosenzahlen, eine Million zusätzlicher Hartz IV-

Empfänger, endlosen Familiennachzug, Arzt- und Zahnarzttermine am Sanktnimmerleinstag, da Traumatisierte und Zahnlose Vorrang genießen, ausfallenden Sportunterricht an den Schulen und, und, und….

Aber wenigstens bringen wir unsere eingetragene Unterwäsche an den Mann und die eingestaubten Plüschtiere, die man eh schon lange entsorgen wollte, fanden auf Willkommensterminen auch dankbare Empfänger.

Und wollten wir nicht schon immer arabische Vokabeln lernen? Oder uns in die Geheimnisse des Korans vertiefen? Salem aleikum!

Schärfen wir unseren Frauen und Töchtern endlich ein, wie gut sie es doch in unserem Kulturkreis haben – unverschleiert, Führerschein, Crystal Meth, offenherzige und offenbeinige Bekleidung.

Und sollten einige wenige dieser strammen, kräftigen, gut erholten nordafrikanischen Jünglinge mit einem Privilegierungsbeleg als Asylsuchender mal das dringende Bedürfnis haben – so wie in Köln („Grabsch de Cologne"), Stuttgart und Hamburg an Silvester geschehen – Frauen an diversen Körperstellen zartfühlend zu berühren, darf unsere Polizei wohlwollend darüber hinwegsehen, da ein Eingreifen ihrerseits auf Grund höherer Weisung womöglich „politisch heikel" wäre. Es reicht doch wirklich völlig aus, dass die Kanzlerin dazu klar Stellung nimmt: „Was in der Silvesternacht passiert ist, das ist völlig inakzeptabel. Es sind widerwärtige, kriminelle Taten, die Deutschland nicht hinnehmen wird." Wenn sich Frauen schutzlos und ausgeliefert fühlten, sei das auch für sie persönlich unerträglich.

Immerhin bieten inzwischen Volkshochschulen und Kung Fu-Vereinigungen spezielle *Distanz-Kurse* „Weng Tan Di Hau" (zu Deutsch: „Weiter als eine Armlänge") an. Eine Teilnahme wird - auch im Hinblick auf Karneval- und *An-Tanz*veranstaltungen - wärmstens empfohlen. Die Anmeldung ist begrenzt auf Frauen weiblichen Geschlechts zwischen 8 und 93 Jahren (§ 2 Abs. 5 Satz 21 der Verordnung über Armlängendistanz).

Mitgliedschaft in mancherorts vorhandenen Bürgerwehren ist erst ab Rentenalter (69 Jahre) möglich. Zur Bewaffnung ist ausschließlich schwarz-grün-rotes Pfefferspray-Gemisch (zurzeit ausverkauft!) vorgesehen.

Generell wird von den zuständigen Ministerien überdacht, zum Schutz vor Personen aller Arten und Rassen diverse Regelungen aus dem arabischen Raum zu übernehmen, die auf Wunsch auch auf deutsche Straffällige ausgeweitet werden können. Hier ist besonders hervorzuheben das Steinchen-Zielwerfen auf Frauenspersonen bei Ehebruch oder häuslicher Arbeitsverweigerung. Die zur Bestrafung zugelassenen Werkzeuge dürfen einen Durchmesser von 8,35 mm nicht übersteigen. Für Stockhiebe auf die nackten Fußsohlen sind ausschließlich Haselnussruten aus nachhaltigem Waldbestand erlaubt und die Peitschung auf das nackte Gesäß darf nur mit maximal dreischwänzigen Kobraschlangenkunstledergeräten ausgeführt werden. Die vorgenannten Geräte sind ausschließlich im offiziellen Waffenhandel gegen behördlichen Berechtigungsschein (Vordruck AQ 3/85 von 2016) erhältlich.

Dies alles lässt uns doch befriedigt zurücklehnen und mit einem tiefen Seufzer unserer *Kanzlerin des starren Halses* lauschen, wenn sie endlich zur gesamteuropäischen Freude gesteht:

„Ich bin geschafft!"

Bedeutende deutsche Lenker,
Heilsbringer und Richtungsweiser

Volker Kauder macht ihn platt,
wenn jemand „falsche" Meinung hat.
Der Angie ist er treu ergeben.
Was Wunder – will ja überleben.

Der Horst, der liebt das offne Wort.
Provozieren ist sein Sport.
Christlich bremst er, gibt mal Gas:
Doch die Ideen haben was.

„Wenn die komische Petry meine
Frau wäre, würde ich mich
heute Nacht noch erschießen."

Bist du illegal im Land,
nimm flugs die Beine in die Hand.
Petry befiehlt: „Nimm hoch die Flossen,
sonst wird an Grenze scharf
geschossen!"

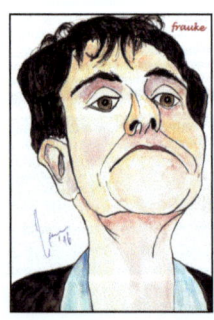

Bundeswehr wehrt sich.
Aber womit?

Etwa mit einem Sturmgewehr, das zwar bei Sturm, aber nicht bei Temperaturen über 36 Grad losknattert? Trägt es vielleicht daher den Namen G 36? Mein Vorschlag: Strikte Anweisung an die Soldaten, bei Auslandseinsätzen stets ein Thermometer mitzuführen zur korrekten Ermittlung der jeweiligen Außentemperatur! Oder aber mit Schrotpatronen laden nach dem Motto „Streugut trifft immer!"

Da war ja die alte Liddy von Sam Hawkens aus den Karl May-Romanen geradezu pflegeleicht; er konnte damit sogar um die Ecke schießen….

Bei den Gefechtshelmen wurde jetzt festgestellt, dass eine Schraube locker sitzt, sodass sie nicht wirkungsvoll gegen Splitter schützen.

Aber es sind angeblich von 23 Transporthubschraubern NH90 immerhin 5 einsatzbereit und von 23 Kampfhubschraubern „Tiger" - man höre und staune - sogar 6.

In den Tornados ist die Crew mit speziellen Lese-Taschenlampen und feinstaubfreien Feuerzeugen auszustatten, weil die normale Cockpitbeleuchtung so hell ist, dass sie bei Nachtflügen blenden würde.

In meinen kühnen Alpträumen befürchte ich nun gar, dass Panzer von Traktoren und Mähdreschern zum Einsatzort geschleppt werden müssten.

Die U-Boote wären nur bis zu einer Wassertiefe von 2,87 Meter tauchklar und die Artillerie dürfte erst noch einzelne Bumerang-Granaten des Kalibers „Dicke Berta" ausmustern bzw. Tretminen wegen Umwelttauglichkeit in Selbsttests vom TÜV oder der Dekra abnehmen lassen.

„Panzer-Uschi"
und zwei ihrer berühmten Vorgänger

O uzo!

Geht ein Grieche zur Bank und sagt zum Kassier: „Ich möchte etwas von meinem Gyroskonto abheben."
Darauf der Bankangestellte: „Das ist bei uns leider ab sofort nicht mehr ouzo!"

Warum grillen die Griechen in letzter Zeit so selten?
Weil sie keine Kohle mehr haben!

Die Griechen haben endlich eine neue Währung:
1 Fiasko = 100 Debakel

Die Griechenland-Krise auf *schäublisch:*
Der europäische Rettungsschirm hat eine Obergrenze von 440 Milliarden Euro – auf Deutschland entfallen 211 Milliarden. Und das war es. Schluss!

Zitat *Tsipras:*
„Ich übernehme die Verantwortung für einen Text, an den ich nicht glaube."

Zitat *Varoufakis* (grinsend):
„Was immer die Deutschen sagen, am Ende werden sie immer zahlen."

Sa *tier* isches

Der eine reitet Pegasus,
vor allem, wenn er dichten muss.
Ein andrer wiehert im Büro
und produziert `nen Akt fürs Klo.

Es gibt viele - auch bisweilen hinkende - Vergleiche zwischen Mensch und Tier, wobei die bunte Tierwelt sogar des Öfteren besser abschneidet. Zum Beispiel ist es längst ein geflügeltes Wort, wenn man behauptet: „Du stinkst wie `ne alte Sau!", „Du rammelst wie ein Karnickel!" oder „Du säufst wie ein Kamel!"

Solchen Aussagen stehen eher lobend gegenüber „Er ist bockig wie ein alter Esel", „Sie schnurrt wie ein Kätzchen" oder „ist läufig wie eine Hündin!"

Oft sind Tiere ja sogar schlauer als wir Menschen, sie retten uns aus lebensbedrohlichen wie auch aus peinlichen Situationen und überlisten andere Lebewesen mit ihrem ausgeprägten Überlebenswillen sowie mit einer intelligenten Rudelbildung oder einem angeborenen Security-Instinkt.

Es gibt Pferdezüchter, die ihre edlen Gäule mittels Farbanstrich als Zebras tarnen, um sie vor hartnäckigen Fliegen zu schützen. Maultiere mutieren zur Hyäne, damit sie nicht andauernd besprungen werden.

Andererseits ist in manchen Zoos das Tragen von Tierfell-Imitaten untersagt, um die dort zur Schau gestellten Exoten nicht zusätzlich psychisch zu verunsichern. Verboten sind beispielsweise Tiger- oder Wasserbüffeljacken sowie Stinktier-Miniröcke. Aber auch Handtaschen aus Kobraleder, Smartphone-Etuis aus Moschushoden oder Nilpferdpeitschen dürfen nicht mitgeführt werden. Ersatzweise können aus der ZKK (Zoo-Kleider-Kammer) für die Dauer des Zoobesuches unverdächtige Teile gegen einen geringen Obolus ausgeliehen werden.

Als grober Verstoß gegen die ZO (Zoo-Ordnung) wird geahndet, einem Menschenaffen aus purem Mitgefühl Zigarettenkippen durch das Gitter zum Fertigrauchen durchzureichen. Kostspielige Havanna-Zigarren oder selbst gedrehtes „Gras" sind hingegen laut einer Ausnahmeregelung durch den TD (Tierpark-Direktor) zulässig.

Als besonders lernbegierig haben sich bekanntlich Papageien und Mamageien erwiesen. So hat ein leitender Bankangestellter (Abteilung Privatkundenberatung) aus dem bayerischen Ampermoching seinen brasilianischen Ara darauf getrimmt, ihn bei seinen häuslichen Schäferstündchen mit Kolleginnen durch den Ruf „Zenzi!" zu warnen.

In einem anderen Fall wurde eine siebzehneinhalbköpfige Großfamilie beim nächtlichen Brand ihres Wohnhauses dadurch gerettet, dass Hauspapagei Basti beharrlich den Rauchmelder nachahmte, weil - wie er wusste - die Batterien im Warngerät leer waren.

Manche Tiere beweisen sich auch als wahre Naturheilkundler. Wo jede Schulmedizin versagt beziehungsweise unbezahlbar bleibt, hilft quasi aus Versehen oft das liebe Vieh. Eine Rentnerin kurz vor der Armutsgrenze hatte gerade sämtliche letzten Ersparnisse zusammengekratzt, um die bald anstehende linksseitige Knie-OP finanzieren zu können, als sie von ihrem heiß geliebten Ziegenbock Isidor einen solch heftigen Kopfstoß gegen das lädierte Gehwerkzeug erlitt, dass sie dadurch bis 20 zu Boden ging. Von dort erhob sie sich jedoch anschließend wie durch ein Wunder völlig schmerzfrei und ging fortan ohne jegliche Einschränkung ihrer Wege. Aus Dankbarkeit für seine erfolgreiche Therapie will sie Isidor jetzt endlich seinen sehnlichsten Wunsch erfüllen: Drei lammfromme Lämmchen als zärtliche Gespielinnen.

Bisweilen lassen sich sogar selbst niedrigste Lebewesen mittels ausgesuchter Musikberieselung zu Hilfsdiensten oder zur Stärkung ihrer Leistungsfähigkeit einsetzen. So hat sich der rote Feuerkäfer, der auf Lanzarote in Kakteenplantagen heimisch ist und bekanntlich den Farbstoff für das beliebte Getränk Campari liefert, durch konsequente Fortbildungsseminare nun auch qualifiziert, zum Sprechgesang von Herbert Grönemeyer zusätzlich Konzentrate im Orangengeschmack auszuscheiden. Durch dieses leistungsbereite Tier kann jetzt somit das Komplettangebot „Campari/Orange" abgedeckt werden.

Eine weitere konsequente Nutzung von handverlesenen Einzellern führt auf Kreuzfahrtschiffen zum biologischen Abbau von Fäkalien. Durch pausenloses Abspielen des Titels „Schatten überm Rosenhof" der Kastelruther Spatzen werden die biologischen Nullen so heftig erregt, dass sie sämtliche greifbaren Bakterien restlos vertilgen.

Natürlich gibt es - wie bei uns Menschen auch - Tiergattungen, für die kein Preis zu hoch ist. Während bei Kinderpuppen vergleichsweise für eine Merkel zehn Toni Hofreiters zu erwerben wären, werden auch für gewisse Dressurpferde oder Traber des Jahres absolute Top-Preise geboten. Es ist durchaus keine Seltenheit, dass ein Berber-Scheich auf dem Wochenmarkt in Tanger für eine blonde Rassestute namens Jutta aus Frankfurt zur Einverleibung in seinen Harem fünfzehn edle Reitkamele bietet. Wenn man bedenkt, wie hoch der Saufwasserverbrauch dieser Tiere pro Tag ist, ein wahrlich großzügiges Angebot.

Beim Sexualtrieb ähnelt das Tier dem Manne ganz erheblich. So geben sich unter anderem frustrierte Wespen, die keinen geregelten Sex haben, dem unkontrollierten Suff hin. Nur so ist es zu erklären, dass man im Sommer diese Tiere ständig aus Bier-, Whisky- oder Wodkagläsern fischen muss. Wie der Mann ertränkt also auch die gemeine Wespe ihren unerfüllten Trieb in Hoch- oder Niederprozentigem.

Diese angeborene Geilheit ist aber genauso bei hochdekorierten Zuchttieren festzustellen. So stolperte der Zuchtbulle Dietmar aus dem Stall des bundesprämierten westfälischen Bauern Friedhelm-Egbert Große Haltern in der Besamungsstation unglücklich beim Bespringen der Kunststoff-Kuh Alma und stieß dabei nicht nur tierische Schreie aus sondern auch nachhaltig seine Hörner ab.

Tierliebe

Kein Event macht uns so froh
wie ein Ausflug in den Zoo.
Zwischen Kindern und den Müttern
wollen wir die Tiere füttern.

`Ne Banane für die Affen,
Akazienzweiglein für Giraffen.
Handvoll Pommes, große, kleine,
werfen wir vor Warzenschweine.

Kamele lieben Butterbrote
und Papageien Äpfel, rote.
Dem Löwen schmeckt das Gulasch sehr.
Er brüllt, er will davon noch mehr.

Hyäne mag es, wenn es gammelt,
drum haben Hähnchen wir gesammelt.
Und der Eisbär-Junge Knut
findet Ölsardinen gut.

Braves Hundchen

„Ja, du bist aber lieber Hund.
Ein weiches Fell und so gesund.
Und kräftig bellen kannst du schon,
dein Knurren hat beschützend Ton.

Man sieht, du fühlst dich pudelwohl.
Lauf jetzt schnell los, das Stöckchen hol!
Und auch gehorchen kannst du fein."

Da biss der Köder mich ins Bein...

Wer stinkt, hat mehr vom Leben

„Pfui Teufel, du riechst ja erbärmlich", sagte das
Krokodil zum Stinktier.
„Da hast du völlig recht", erwiderte dieses.
„Aber mich verarbeitet wenigstens niemand
zu hochwertigen Handtaschen, Schuhen oder
Gürteln."
Seitdem vergießt das Krokodil die nach ihm
benannten riesengroßen Tränen.

Vogelgrippe

Syphilis und Hepatitis,
Röteln oder Meningitis:
gegen alles wird geimpft
und über Kosten derb geschimpft.

Aus Asien drohet groß Gefahr
für Federvieh samt Adebar.
Drum hoffen wir, dass Pleitegeier
legt woanders seine Eier.

Metamorphose

Als wir vor vielen tausend Jahren
n o c h ähnlicher dem Affen waren,
bewegten wir uns auf vier Beinen.
Computer hatten wir noch keinen.

Bananen aßen wir vom Baum,
die DDR kannt` jemand kaum.
Doch dank beliebtem Körperteil
sind wir schon wieder affengeil.

C`est la vie!

Nicht nur bei den Menschen, nein, auch bei
Tieren erkennt man bei den unterschiedlichen
Gattungen soziale Abgrenzungen.

Preist man beispielsweise ein **PFERD** gerne als
Rasseschimmel
Zuchtstute
Dreijährigen
Galopper des Jahres
Vollblut
Deckhengst

und sammelt geradezu ehrfürchtig die abgelegten
Pferdeäpfel von der Straße und von Geh-, Rad-
und Wanderwegen als kostbaren Bio-Wertstoff
für das garteneigene Frühbeet,

wird dagegen ein **HUND** eher mit folgenden
ehrabschneidenden Synonymen bedacht:
Drecksköter
Schweinehund
Wadenbeißer
Alter Kläffer
und man spricht gar in höchst diffamierender
Weise von
Hundling elendiger
Hundsbuam
Verdammte Hundescheiße

Böhrets Tierleben

Fröschlein quakt,
Libelle jagt.

Schlange schlingt,
Natter ringt.

Bussard kreist,
Meise meist.

Rehlein aast,
Schäflein grast.

Fuchs im Bau,
Eber macht das Schwein zur Sau.

Einen Damm baut Biber.
Eine Brücke wär mir lieber.

Ein Huhn verirrt sich beim Freilauf in einem Aldi-Markt. Als es am Eier-Regal vorbeikommt, sieht es voller Entrüstung, dass zehn Eier gerade mal 99 Cent kosten: „Unerhört, und dafür reiße ich mir Tag für Tag den Arsch auf!"

Ein Kamel kann in seinen beiden Höckern für Wochen Wasser und Nahrung speichern. Wie man sieht, soll es bei manchen Frauen ganz ähnlich sein.

Viele Hähnchen würden sich noch am Grill umdrehen, wenn sie wüssten, wie oft sie von ihrem Hühnchen betrogen werden.

Ein altes chinesisches Sprichwort lautet: In jeden Topf passt auch ein Dackel.

Unser Rasen

Zum Golfspiel ladet er fast ein,
so kurz geschnitten, unkrautrein.
Er ist saftig grün und dicht.
Nur der Maulwurf sieht ihn nicht.

Verbiss dich!

Schon morgens, wenn ich heftig gähne,
wackeln mir die dritten Zähne.

Erst jüngst - ich konnte nur noch lallen -
sind sie beim Niesen rausgefallen.

Ich fand sie wieder anderswo:
Als sie mich bissen in den Po.

Zahnarzt-Termin

Die Freude wirkt oft unterkühlt,
wird einem auf den Zahn gefühlt.
„Wie geht´s?" kommt Doktors Gruß
von Herzen,
derweil man windet sich vor Schmerzen.

In Liegestellung ruckt der Stuhl,
noch immer bleibt man halbwegs cool.
Doch fließt der erste Tropfen Blut,
sinkt unter Nullpunkt ganzer Mut.

Corpus Delicti rasch gefunden:
Es ist der Zahn drei-fünnef unten.
Arzt fragt mich, ob bequem ich sitze
und füllt schon Serum in die Spritze.

Während ich den Mund weit offen,
sagt er zu mir, man könne hoffen,
dass es nicht Nerv, nicht Wurzel sei.
Mir ist dies ziemlich einerlei.

Jetzt wird gebohrt und auch geklopft,
dann Tupfer endlos reingestopft.
Noch schnell entfernt vom Zahn den Stein,
`ne Füllung gibt es obendrein.

„Den Mund noch weit geöffnet lassen!"
Ich könnt den Klempner ehrlich hassen.

„Wo geht es denn in Urlaub hin?"
Ich sag`, obwohl fünf Tampons drin:
„Gr...rrr...Gr...rrr...la...Gr...rr..."
„Ah, Sie fahr`n nach Griechenland",
sagt Doktor und gibt mir die Hand.

Implantate beißen sich durch

Unser Zahnarzt Dr. Krauß
reißt mir die letzten Zähne aus.
„Ich pflanze Ihnen dafür Dübel,
die Sie befrei`n von allem Übel.
In diese kommen Schrauben rein,
Locator müssen nun mal sein.

Sie werden beißen wie ein Hund
mit Ihrem runderneuert` Mund.
Und auch Ihr Lächeln wirkt charmant
derweil Sie küssen weiblich Hand."

Nicht von ungefähr sind bei Schlägereien außer den Polizeibeamten stets auch Optiker und Zahnärzte ganz in der Nähe, wenn es heißt: „Auge um Auge, Zahn um Zahn!"

Auch einem Zahnarzt bleibt es nicht erspart, dass an ihm der Zahn der Zeit nagt.

Patient: „Was verlangen Sie für das Ziehen meines Zahnes?"
Zahnarzt: „Bei Barzahlung 37,52 Euro."
Patient: „Ich habe aber leider nur 8 Euro eingesteckt."
Zahnarzt schaut in seiner Gebührentabelle nach und sagt bedauernd: „Für diesen Betrag kann ich Ihren Zahn nur etwas zum Wackeln bringen."

Schon zu einem phlegmatischen Kind sagt man: „Los, leg mal endlich einen Zahn zu!"

Auch wer noch sämtliche Weisheitszähne besitzt, wird dadurch noch lange nicht zum Schlauberger.

Vorsicht!

Nicht jeder, der einem auf den Zahn fühlt, bohrende Fragen stellt, Nerv tötendes von sich gibt, Tampons verteilt und Wurzeln entfernt, muss in Wirklichkeit ein Doktor der Zahnmedizin sein.

Wenn sämtliche Zähne weg sind, hat die Zunge endlich mehr Platz.

Mein Lottospiel unterscheidet sich von meinem Zahnarzt darin, dass er bei jeder Ziehung gewinnt.

Implantate sind derzeit in aller Munde

Sollte mein Zahnarzt auch diesmal wieder meinen Sehnerv anbohren, hetze ich meinen Blindenhund auf ihn.

Gestern traf ich Zahnarzt Dr. Loch-Karies im Baumarkt. Auch er war ganz begeistert von der neuen Heimwerker-Bohrmaschine von Black & Decker.

Behörden(wahn)sinn

Dem Finanzamt man gern schreibe,
dass es bleibe uns vom Leibe.

Doch auch Rathaus, Pfarrer, Richter,
nehmen „Spenden" von `nem Dichter.

Unfall-Schilderung

„Nachdem ich infolge einer mich kreuzweise ge-fährdenden Blondine (Typ Helene Fischer), zirka 28 ½ Jahre alt, Konfektionsgröße 36/38, die totale Beherrschung meines Golf Super TDI verloren hat-te, prallte ich unverzüglich und schmerzverzerrt gegen eine Hauswand namens Friedhofweg 29, Erdgeschoß. Das führte nicht unmaßgeblich dazu, dass ich auf der Stelle unbewusst wurde. Gleich-zeitig verlor ich auch die Gesinnung. Seither weise ich nur noch Lücken auf."

Akten-Notiz des städtischen Einzugsbeamten Max Eintreiber

Mein Versuch des Vollstreckens gegen den amts-bekannten notorischen Schuldner Heinz-Otto Ha-benichts blieb leider ohne zählbaren Erfolg, da dieser sich einer erneuten Pfändung seiner Hab-seligkeiten unangemeldet und somit ohne meine vorherige Zustimmung widerrechtlich mittels ei-ner bereits längst mit meinem Kuckuck beklebten Pistole durch genauso einmaliges wie kopfloses Erschießen in die Stirnmitte entzog. Fruchtlos und fluchtartig verließ ich daraufhin die von blankem Entsetzen geprägte und durch herumsickerndes Blut verunreinigte Örtlichkeit.

Herrn Notar Walter-E. Testhuber zur Aufbewahrung ausgefolgt

Verehrungswürdiger Herr Notar!

In Vollzug meines nun endgültig allerletzten Willens bei vollster Sinneskraft teile ich Ihnen hiermit von eigener Hand mit, dass mein Leichnam im Ablebensfalle nicht verbrannt werden darf, da ich überhaupt nichts von diesem neumodischen Zeugs halte. Außerdem habe ich große Hitze noch nie gut vertragen, wovon mich sogar schon ein Hautkrebs angegriffen hat. Ich will also im Erdboden verscharrt werden, wie ich es von Jugend an kenne und schätze. Neben meinem Gebiss sind zwei paar Weißwürste und eine Maß Paulaner Kellerbier dem Sarge als Wegzehrung beizugeben. Außerdem verfüge ich ohne jedwegliche Beeinflussung durch spirituelle Getränke, dass ich auf dem Friedhof 2 x täglich gegossen werde, wie ich es als sauberes Mannsbild gewohnt bin.

In höchster Hochachtung Ihr auch weiterhin getreuer Claudius Hyronimus Asbach

In der Gerichtsverhandlung wurde die Angeklagte vom Zeugen gedeckt.

Leider benötigt man für eine Revolverschnauze noch immer keinen Waffenschein.

Bei Grenzkontrollen werden die Besonderen Kennzeichen im Pass genau mit dem tatsächlichen Aussehen des Grenzüberschreiters abgeglichen. Also zum Beispiel: „Wasserkopf, Hängeohren, Glubschaugen, Kalbshaxen, Leistenbruch rechtsseitig.“

Vor seiner Unfallflucht hatte er sechs Flaschen Kleiner Feigling inhaliert.

Einen Streifenpolizisten erkennt man daran, dass dieser Streifen am Ärmel der Uniformjacke trägt. Kripo-Fahnder benutzen hingegen meist zivil eingefärbte Dienstfahrzeuge.

Bei seiner sträflichen Tat wurde er nachweislich erheblich vom Alkohol unterstützt, was zu einem Blutgehalt von 3,4 Promille führte.

Als er den Wagen rechts neben ihm überholte, kam es zur Koalition.

Herrn Steuerbeeinflusser
Dr. Egbert Korrupt-Murkser

In Bezug meiner Einkommensteuer-Erklärung für das Jahr 2016 bitte ich allerhöflichst um Prüfung und Abklärung folgender Fakten:

1. Ich habe im verflossenen Jahr meiner vorherigen Braut einen formellen Heiratsantrag unterbreitet. Fällt die daraus resultierende Verlobungsfeier unter WERBUNGSKOSTEN?
2. Meine nunmehrige offizielle Gemahlin verursacht andauernd beträchtliche SONDERAUSGABEN. Kann ich sie deswegen splitten?
3. Außerdem übt meine werte Gattin vorübergehend noch ein selbständiges Gewerbe aus und zwar das älteste der Welt. Können die dabei eingesetzten und ordnungsgemäß buchgeführten Kondome als ARBEITSMITTEL anerkannt werden?
4. Überhaupt stellt mein Eheweib für mich eine dauernde AUSSERGEWÖHNLICHE BELASTUNG dar. Wo darf ich sie Ihrer Meinung nach absetzen?

Hansmartin Gscheidle

APZ (Alternative PostZustellung)

Nachdem die Deutsche Post mal wieder in schöner Regelmäßigkeit ihr Monopol bemüht, das Briefporto diesmal gleich um 8 Cent „anzupassen", verbrachte ich dreieinhalb schlaflose Nächte damit, über Alternativen der preiswerteren, zuverlässigeren und zugleich schnelleren Postzustellung nachzusinnen. Dabei greife ich auch auf Varianten zurück, die sich bereits vor Jahrhunderten bestens bewährt haben:

Flaschenpost   Bei unserem breit gefächerten Wasserwegenetz drängt sich diese Beförderungsart geradezu auf.

Postkutsche   In jeder Ortschaft werden wieder an die Gastwirtschaften angegliederte Posthaltereien eingerichtet, wo die Pferde gewechselt und gleichzeitig die mitreisenden Passagiere verköstigt und getränkt werden können. Die jeweiligen Haltestellen sind durch ein Posthorn-Symbol gekennzeichnet.

Brieftaube   Für diese äußerst rasche (Eilsendungen) und zuverlässige Briefpostübermittlung ist lediglich ein Taubenschlag einzurichten und die Tauben sind mit Namen sowie Erkennungscode zu kennzeichnen.

Wanderhure	Diesen von Ort zu Ort hurenden Damen kann vor allem delikate Post diskret anvertraut werden (etwa mit dem Vermerk „Bitte nur an Empfänger persönlich auszuhändigen!").
Fahrendes Volk	Die Angehörigen dieser Sippen dürfen nicht mehr mit der früher üblichen Bezeichnung diffamiert werden. Für eine komfortable Postgutbebeförderung stehen hochwertige PKWs der Marken Daimler und BMW mit Plakette Euro 9.
Heißluftballons	Der Ballonführer wirft die Postsäcke in die eigens dafür bereitgestellten Sackboxen ab.
Zeitungshunde	werden nur für diese Zwecke am Ort eingesetzt (Tageszeitung, BILD, Frau im Spiegel etc.), die zudem eine pünktliche Zustellung erfordern. Die Hunde werden in speziellen Hochleistungs-kursen auf ihre Aufgabe vorbereitet.

Bei allen aufgeführten Tätigkeiten handelt es sich um Mini-Jobs.

Die zu Mindestlöhnen angestellten (ausgenommen Wanderhuren) tragen in der Regel blau-rosa gestreifte Dienstuniformen, die sie für ihre Tätigkeit legitimieren. Zusätzlich ist ein Dienstausweis/Dienstchip mitzuführen.

Die für die Zustellung erforderlichen Beförderungs- und Zustellungs-Berechtigungs-Code-Karten (durch welche die überholten Briefmarken ersetzt werden) können bei allen Angelsport-, Zeitschriftenhandlungen, Reitställen und Bordellen erworben werden.

Ich rate unbedingt dazu, korrekt zu frankieren. Als nämlich die Post vor einem Jahr das Porto für den Kompaktbrief von 90 Cent auf 85 Cent reduzierte, ich jedoch nur vor kurzem erworbene 90 Cent-Marken besaß, schnitt ich kurzerhand von der Briefmarke eine Ecke ab. Ich hatte jedoch falsches Augenmaß bewiesen und die Marke wertmäßig versehentlich auf 84 Cent beschnitten, sodass der Brief leider wegen Falschfrankierung nicht zugestellt werden konnte.

Bezüglich der Paketzustellung wird ebenfalls auf eine frühere gute Übung zurückgegriffen. Die Pakete werden wieder per Bahn befördert und können in reaktivierten Güterbahnhöfen abgeholt werden (dienstags und donnerstags jeweils von 14.00 bis 14.45 Uhr).

Seien Sie versichert…

Möchte Ihnen hiermit anzeigen, dass ich einen Schaden habe. Nachdem sich der Einbrecher meines Weinkellers bemächtigt hatte, lieh er sich diese Flasche Baron de Rothschild Jahrgang 1982 aus. Der Baron war mindestens 130,86 Euro wert.

Meine Sicht auf die Ampel wurde dadurch nicht unerheblich behindert, dass plötzlich aus einem Vorgarten eine Ligusterhecke hervortrat und gleichzeitig eine Blondine mit fahrlässiger Oberweite meinen Blick nachhaltig eintrübte.

Nachdem die Operation meines Gedärms bösartig ausfiel, sind mir diesbezügliche Kosten stark auf dasselbe geschlagen. Ich bitte daher um Zuteilung einer gutartigen Haushaltshilfe.

Es gelang mir, den Audi Kuh 5 nur dadurch zu überholen, dass ich mich mehrmals überschlug.

Nach dem Auffahren des Unfall-Gegners sah ich hinten verdammt zerknautscht und deformiert aus.

Ich wurde von zwei Polizeibeamten, die den Diensthund namens Arco vom Hoheneck mit sich führten, ziemlich heftig in meinen Unaussprechlichen gebissen, worauf mir ein anständiges Sitzen für fünf Wochen verwehrt war. Dadurch musste ich sämtliche Geschäfte im Stehen verrichten.

Ich bitte höflichst um Kostenerstattung für sechs Massagen, die meinem entnervten Nacken endlich wieder auf die Beine halfen.

Auf unserem Schützenfest „Treff den Adler" flog mir ohne jede Vorwarnung plötzlich ein halbes Hähnchen an den Vorderkopf. Als ich endlich wieder unbenommen war, konnte ich leider den Absender nicht mehr ermitteln.

Auf dem Nachhauseweg vom „Güldenen Ochsen" fiel mir urplötzlich der Gehweg so heftig entgegen, dass ich nicht mehr ausweichen konnte, wodurch mir außer meiner Brieftasche auch noch die Gesinnung verlorenging.

Ich war ziemlich niedergeschlagen, als der Räuber endlich von mir abließ. Und auch sonst fühlte ich mich sehr zerbrechlich, denn er hatte mir schuhhalber in die Leber getreten, die ich noch kurz zuvor mit fünf Flaschen edlem Krombacher Pils benetzte.

Das ewig Weibliche oder:
Die Schwäche des starken Geschlechts

Seit alter Zeit weiß man genau:
Es läuft was zwischen Mann und Frau.

Man nennt es Lust und Sex und Triebe.
Manche sprechen gar von Liebe.

Nicht jede, die erblondet, ist ein Engel.
Nicht jeder, der da pumpt, hat einen Schwengel.

Schon mancher hat seinem Nebenbuhler die Pest
an den Hals gewünscht, nachdem diesem die eigene Frau um denselben gefallen war.

Die Katze lässt das Mausen nicht.
Beim Playboy hält man dies für Pflicht.

Er hatte ihr täglich geschworen, dass er sie
leidenschaftlich liebe. Nun wurde er wegen
365-fachen Meineides angeklagt.

Man kann von einer Prostituierten nicht unbedingt behaupten, dass sie einen geradlinigen Charakter habe, nur weil sie auf dem Straßenstrich
wandelt.

Ist ein Mann höflich, bezeichnet man ihn gerne als Kavalier. Kommt er ihr dagegen zu nahe,
spricht man nach einer gewissen Zeit oft von einem Kavaliersdelikt.

In bestimmten Situationen ist es für einen Mann wesentlich erfreulicher, einen sitzen statt einen hängen zu haben.

Es sollte keinen Schoß geben, in den wir nicht unsere Hände legen.

Mona-Jaqueline ist ein heißer Ofen. Leider kommt sie, sobald sie aufgeregt ist, heftig ins Stottern. Deshalb sagt sie auch zitternd und bebend bei ihrem ersten Date zu ihm: „I...i...ich... bi...bi...bi...bin...nicht...s...so...ei...ei...ei...eine, wie du de...denkst.!"
Aber bevor sie noch mit dem Satz richtig fertig ist, ist sie bereits so eine.

Nach einer durchtanzten Nacht parken Maximilian und Dorothee auf einem einsamen Waldweg. Sie können es kaum erwarten, sich noch näher zu kommen. Auf dem Rücksitz fragt Dorothee zwischen zwei heißen Küssen:
„Soll ich das Höschen ausziehen oder lieber den Kaugummi ausspucken?"

Minnegesang up to date

Liebste Maid, ich bringe dir
zur E-Gitarr `nen Song von mir.
In den Charts auf number one.
Dieses zeigt dir, was ich kann.

Ich bitte dich, häng bei mir ab
und Treue schwör ich bis ins Grab.
Lass mich an deinen Titten ruhn
und zärtlich coole Dinge tun.

Flüstern will ich in dein Ohr,
dass ich verliebter, geiler Tor.
Von deinem Body bin ich Fan
und ja auch sonst ein strammer man.

Vielleicht führt Date und Liebelei
gar bald zur Steuerklasse 3,
wenn für das Elterngeld in spe
wir üben krass im grünen Klee.

O holde Jungfrau, werde mein,
dann wirst du solche nicht mehr sein.

Sprunghaft

Carolin-Sophie Wesendonk-Craijczyk ragte zeitlebens durch ihr ausgeprägtes sprunghaftes Wesen aus der großen Masse heraus. So erlebte sie beispielsweise mit 13 ihren ersten Ei-Sprung, den 3-fachen Axel sprang sie erstmals mit 15 - was einen absoluten Quanten-Sprung darstellte - und ihr absoluter Karriere-Sprung gelang ihr mit 28 beim Hammelsprung im Bundestag. Nach einer total durchkifften Nacht rettete sie sich nach einem Sturz vom Balkon ins Sprung-Tuch der Freiwilligen Feuerwehr Bad Springsee und bereits kurz darauf feierte sie nach dem ersten Fallschirm-Sprung ihren Premiere-Seiten-Sprung mit ihrem Hochsprung-Trainer. Bleibt wohl anzunehmen, dass auf ihrem Grabstein nach ihrem Todes-Sprung dereinst verdientermaßen stehen wird: „Sie sprang vom Hausdach in die Ewigkeit."

Nachtaktiv

Mitten in der lauen Nacht
hat er sein Opfer dargebracht.
Auch die Geliebte war nicht faul.
Wird´s ein Junge, heißt er Paul.

Wer nachts laut schnarcht, überhört dabei womöglich, was seine Frau im Schlaf Interessantes ausplaudert.

Das Vorspiel kann man auch mit zwanzig Minuten Betteln vergleichen.

Eine schöne Frau wäre ganz schön dumm, wenn sie auch noch klug wäre.

Nachts im Bett. Sie zu ihrem Mann: „Es würde mich unheimlich antörnen, wenn du heute mal ganz schmutzige Wörter zu mir sagst!"
Darauf sagt er: „Küche, Bad, WC."

Mancher Jäger wäre bestimmt glücklich, könnte er so viele Trophäen an die Wand hängen, wie ihm die untreue Gemahlin schon Hörner aufsetzte.

Ein Mann sollte sich (ver-)hüten, von einer käuflichen Dame Geschenke anzunehmen.

Musik liegt in der Luft

Egal, ob Beat, ob Schmalz, ob Jazz:
Musik hat ihren festen Platz.

Doch passend Text bringt erst den Pepp.
Den Schlager singt dann jeder Depp.

Muntermacher

Musik – so heißt das Zauberwort –
frühmorgens schon als Aufwachsport.
Druck auf Taste, Radio läuft,
derweil im Kaffee man ersäuft.

Semino Rossi und Helene
entlocken mir die erste Trene,
Michelle folgt auch schon kurz darauf
und Gabalier hat einen Lauf.
Vermisst wird die Andrea Berg,
auch Norbert Rier ich nicht bemerk.
Den Nik P. mit seinem Stern
wünschte im Programm ich gern.
Und die Amigos gehen froh
mit mir durchs Feuer irgendwo.
Grönemeyers Sprechgesang:
drei Minuten sind zu lang.
Endlich Polka von Ernst Mosch
- der Honig tropft aus meiner Gosch -
der Mantovani geigt Charmaine,
es folgt der Udo und ich gähn.

Dazwischen News und auch das Wetter,
übermorgen it is better.
Ein Mann spaziert auf Autobahn,
keine Grenzen kennt der Wahn.
Diebe klauen Geld und Schmuck.
Schon halb zehn, eh ich´s verguck.

Das geht jetzt so bis in die Nacht.
Radio hat Spaß gemacht!

Schon Wilhelm Busch reimte:
  Beim Duett sind stets zu sehn
  zwei Mäuler, welche offen stehn.

Dem Musiker eines Symphonie-Orchesters wird in der Regel fristlos gekündigt, wenn er ein Konzert total vergeigt hat.

Welches Instrument spielt Gott? Ist doch klar:
Die Tuba.
Schließlich heißt es ja schon im Vaterunser: „Vater unser, der Tubist im Himmel…"

Einen Saxophonspieler, der sowohl das Alt- als auch das Tenorsax beherrscht, nennt man auch bisaxuell.

Striptease ist Anatomieunterricht mit Musikbegleitung (Frank Sinatra).

Mancher Mieter lässt seinen Sohn stundenlang Schlagzeug üben, um endlich die Wohnung nebenan zu bekommen.

Es ist nicht von der Hand zu weisen: Unsere ganze Family ist irgendwie musikverrückt. Dabei meine ich nicht nur, dass von früh bis spät das Radio läuft, sondern dass wir uns durchaus auch selbst an Noten vergreifen.

So war unsere Tochter eine talentierte Klarinettistin, bis sie anfing zu stillen. Seither ist es stiller um sie geworden. Dafür bläst ihr Mann voller Hingabe in der örtlichen Blaskapelle die Tuba.

Der Sohn ist aktiver Drummer, meine Frau betastet ihr Keyboard und ich versuche verzweifelt beim Pusten ins Tenor-Sax die richtigen Töne zu treffen.

Natürlich stehen deshalb auch bei uns zirka 500 Langspielplatten im Regal, die immer dann zum Einsatz kommen, wenn uns atemlose Hula Palus nerven. Und das ist ziemlich oft der Fall...

Es konnte nicht ausbleiben, dass der leidenschaftliche Tänzer in mir sich bei der GEMA auch mit eigenen Songs anmeldete. Befreundete Musiker verpassten folgerichtig meinen Texten im Tonstudio Melodie und Rhythmus und so dürfen wir damit rechnen, dass uns in irgendeinem Tanzcafé eigene Titel entgegenschallen: „Romantische Nächte in Cefalu, Neckartal Cha-Cha, Pizza Pizza, Ich will tanzen Tag und Nacht, Sehnsucht nach Amore, Baby Blue, Nimm mich mit!, Ich genieß das Leben pur" etc.

Eine textliche Kostprobe folgt auf der nächsten Seite.

Ich möchte dein Hühnerauge sehn

Text: Rudi Hans Böhret
Musik: Udo Hekler, Peter Hochmuth

In der Disco heißer Flirt,
neuste Hits vom Band gehört.
`Ne megageile Braut betreut.
 Wenn nicht, hätt ich es glatt bereut.

Auf dem Heimweg ging´s schon los,
ich bekam `ne dicke Hos.
Verdammt noch mal, das sind die Triebe,
inklusive heißer Liebe.

Refrain:
Ich möchte dein Hühnerauge sehn,
es ist bestimmt so wunderschön.
Drum lass mich nicht im Regen stehn,
lass uns ganz schnell nach Hause gehn.

Find ich dann endlich etwas Ruh,
zwinkert es mir heimlich zu.
Die Frau fürs Leben, das bist du.
Mach endlich s`Hühnerauge zu.

Als wir endlich aufgewacht,
zeigt der Wecker zehn nach acht.
Ich erkenne voller Frust:
Für Arbeit heute keine Lust!“

Ich kuschle mich in ihren Arm,
halte mich dabei schön warm.
Du, mein süßes Nackedei,
heut ist mir alles einerlei.

Refrain (gesungen und Instrumental-Solo):
Ich möchte dein Hühnerauge sehn….

Ich weiß, ich weiß, dieser Text ist zu anspruchsvoll für das gemeinste Volk unter uns. War deshalb auch eher für Intellektuelle gedacht. Also habe ich mich der täglichen Berieselung angepasst und in genau neun Minuten einen hitverdächtigen Text eingetippt, den vermutlich jeder, aber auch jeder mitsingen kann und der mich mit Gabaliers gütiger Fürsprache hoffentlich umgehend in die Charts führt:

Scheint es hell durchs Fenster rein -
hubi dubi – rumsi bumsi – ho ho ho.
kann es nur der Vollmond sein –
hubi dubi – rumsi bumsi – ha ha ha..

Wer könnt es denn auch sonst noch sein -
hubi dubi – rumsi bumsi – ho ho ho.
die Sonne ist dafür zu klein –
hubi dubi – rumsi bumsi – ha ha ha..

Mucki zucki, hucka packa,
summi summi, dummi brummi.
Mucki zucki, hucka packa,
summi summi, dummi brummi.

Wer könnt es denn auch sonst noch sein –
die Sonne ist dafür zu klein –
Mucki zucki, hucka packa,
mucki zucki, hucka packa.

Es kann dann nur der Vollmond sein –
der scheint so hell ins Fenster rein –
Hubi dubi – rumsi bumsi – ho ho ho.
Hubi dubi – rumsi bumsi – ahhh – ahhh –
ahhhhhh.

Discos sind die Haupteinnahmequellen für Hörgeräteakustiker.

Mein Saxophonspiel ohne Noten ist wie Stuhlgang ohne Klopapier.

„Was hat denn der Arzt gesagt?", fragt die Frau des Trompeters.
„Ich muss morgen nochmals hin, weil er eine Blutprobe, Urinprobe und Stuhlprobe haben will."
„Das ist doch kein Problem", sagt seine Frau. „Gib ihm doch einfach deine Jeans."

Meine Freundin bläst Trompete. Wäre gar nicht so schlecht, wenn da beim Oral-Sex nicht immer der blecherne Beigeschmack wäre.

Ein alter Jazz-Posaunist hat einen Traum. Ein Engel flüstert ihm ins Ohr: „Ich habe eine tolle Nachricht für dich. Du bist für die Himmels-Big Band engagiert. Allerdings hat die Sache einen kleinen Haken – die erste Probe ist bereits für morgen früh um 8 Uhr angesetzt."

Der Hausarzt sagt zum Musiker: „Tut mir leid, Herr Moh-Zart, aber Sie haben nur noch drei Monate zu leben."
Musiker: „Aber wovon denn?"

Eine *Sopran*istin aus dem Opernchor sagt zur *Alt*-stimme: „Du siehst aber heute beschissen alt aus!" Als kurz darauf die Sopranstimme etwas ganz oben aus einem Regal holen soll, fragt die Altistin gehässig: „Ist es dir auch bestimmt nicht zu hoch?"

Ein Tanz-Quartett ist stets mit drei Musikern und außerdem einem Schlagzeuger besetzt.

„a" stöhnte das Hohe C, als es von der Tonleiter fiel.

Der Geigenkoffer heißt auf kubanisch Fidel Castro.

Lebensweisheiten

Ein Schwabe wird gescheit fürwahr
erst frühestens mit vierzig Jahr.

Doch dann verrät er jedermann,
was man <u>wie</u> macht, <u>womit</u> und <u>wann.</u>

Den Rand eines Flusses nennt man Ufer. Bei Hochwasser reagiert dieser meist ausufernd.

Manch einer, von dem man denkt, er sei hochmütig, hat in Wahrheit nur einen steifen Hals.

Wer sich zu lange vorsieht, hat des Öfteren das Nachsehen.

Hat man endlich mal Gold gefunden, macht man gerne gute Mine zum bösen Spiel.

Gelegentlich löscht einer seinen Durst und hat anschließend einen heftigen Brand.

Die Maut ist aller Laster Anfang.

Wenn einer schon den Löffel abgegeben hat, warum sollte er dann auch noch ins Gras beißen?

Bevor es Dollars regnet, lasse man lieber den Euro scheinen.

Es ist doch immer wieder verblüffend, zu welchen Untaten gerade Untätige fähig sein können.

Wenn man sich beim Brennen einer CD Brandwunden zufügt, so ist dies nicht selten auf deren heißen Inhalt zurückzuführen.

Wer eine Wallfahrt mit einer Kreuzfahrt verwechselt, darf sich nicht wundern, wenn Lourdes ins Wasser fällt.

Nicht jeder, der sich auf einer Park-Bank ausruht, ist deswegen schon kreditwürdig und nicht jeder, der vor Wut kocht, kommt automatisch in den Gault-Millau.

Ein Loch ist ein Ding, das im luftleeren Raum schwebt und das man weder sehen noch hören kann.

Unflädig kommt von Fladen. Man begreift dies sofort, wenn man in einen solchen getreten ist.

Wenn jemand neben sich steht, muss er noch lange nicht vier Beine haben.

Wer den ganzen Tag gähnt, hat meistens nicht viel zu sagen.

Einen Münzsammler erkennt man sofort daran, dass er auch im normalen Leben jeden Cent dreimal umdreht.

„Hut ab!" lobte der zufriedene Enthauptete den Scharfrichter.

In der Schule lernt man bekanntlich fürs Leben. Damit ist auch klar, warum viele Menschen ein sehr bescheidenes führen.

Man darf sich nicht daran stören, wenn ein „Liegender Akt" in mehreren „Sitzungen" gemalt wurde.

Gar nicht so übel,
sprach der Dübel
und verschwand
in der Wand.

Liebe deine Nächste. Aber lass dich nicht anstekken.

Am Tag, als der Reagan kam.

Mathelehrer sind unberechenbar.

EDV = Ende Der Vernunft.

RUDI HANS BÖHRET alias FABIO MAROTTI

lebt als (Un-)Ruheständler in Bad Friedrichshall. In seinem „zweiten" Leben Aquarellmaler, Karikaturist, Fotograf skurriler Schnappschüsse, Songtexter und Buchautor. 78 Ausstellungen – unter anderem gemeinsam mit Udo Lindenbergs „Likörellen". Er verfügt über ein schier unerschöpfliches Repertoire an Humor und Satire. Bereits in Jugendjahren Mitglied des Kabaretts „Die Mittelreifen". Mitwirkung bei den „Strudelliteraten", einer Vereinigung von Literaturschaffenden. Bühnenauftritte als Conférencier. Nebenberuflich lange Jahre Inhaber einer Gastspieldirektion.

Bisher erschienene Bücher

	ISBN	auch als eBook
Heiteres in Wort und Bild	vergriffen!	
Augen auf!	vergriffen!	
Besser vom Böhret gezeichnet als vom Leben	vergriffen!	
Deftig-derbe Bauernsprüche	978-3-8370-7476-5	
Ene mene mu – und tot bist DU!	978-3-8334-7539-9	x
VIPikaturen in der Tasche sind `ne originelle Masche	978-3-8423-1440-5	
Was, schon wieder Venedig?	978-3-8619-6101-7	x
Es war kein Hexenschuss	978-3-8462-6743-9	x
Tausche Krähenfuß gegen Lachfalte	978-3-7322-4248-1	x
Keine Gnade für Blondinen	978-3-7322-8448-1	x
Liebe Grüße vom Humpelstilzchen	978-3-7357-6316-7	x
Flotte Linse & kesse Lippe	978-3-7386-0335-4	x
gut abgehangen	978-3-7347-6759-3	x

Notizen